ちくま文庫

教科書で読む名作

夢十夜・文鳥ほか

夏目漱石

筑摩書房

カバー・本文デザイン　川上成夫

＊

目次

傍注イラスト・秦麻利子

教科書で読む名作

夢十夜・文鳥ほか

【凡例】

一「教科書で読む名作」シリーズでは、なるべく原文を尊重しつつ、文字表記を読みやすいものにした。

1 原則として、旧仮名遣いは新仮名遣いに、旧字は新字に改めた。

2 極端な当て字と思われるもの、代名詞・接続詞・副詞・連体詞・形式名詞・補助動詞などの一部は、仮名に改めたものがある。

3 常用漢字で転用できる漢字で、原文を損なうおそれが少ないと思われるものは、これを改めた。

4 送り仮名は、現行の「送り仮名の付け方」によった。

5 常用漢字の音訓表にないものには、作品ごとの初出でルビを付した。

二 今日の人権意識に照らして不当・不適切と思われる、人種・身分・職業・身体および精神障害に関する語句や表現については、時代的背景と作品の価値にかんがみ、そのままとした。

三 本巻に収録した作品のテクストは、『夏目漱石全集』(ちくま文庫・全一〇巻)を使用した。

四 本書は、ちくま文庫のためのオリジナル編集である。

夢十夜

発表――一九〇八（明治四一）年
高校国語教科書初出――一九五二（昭和二七）年
教育図書『高等総合国語五』

第一夜

こんな夢を見た。

腕組みをして枕元に座っていると、仰向き(あおむ)に寝た女が、静かな声でもう死にますと言う。女は長い髪を枕に敷いて、輪郭の柔らかな瓜実顔(うりざねがお)[1]をその中に横たえている。真っ白な頬の底に温かい血の色がほどよく差して、唇の色は無論赤い。到底死にそうには見えない。しかし女は静かな声で、もう死にますとはっきり言った。自分も確かにこれは死ぬなと思った。そこで、そうかね、もう死ぬのかね、と上から覗き(のぞ)込むようにして聞いてみた。死にますとも、と言いながら、女はぱっちりと目を開けた。大きな潤いのある目で、長いまつ毛に包まれた中は、ただ一面に真っ黒であった。その真っ黒な瞳の奥に、自分の姿が鮮やかに浮かんでいる。

自分は透き通るほど深く見えるこの黒目のつやを眺めて、これでも死ぬのかと思っ

1　瓜実顔　ウリの種に似て、色白でふっくらした長めの顔。古くから美人の典型の一つとされた。

た。それで、ねんごろに枕のそばへ口を付けて、死ぬんじゃなかろうね、大丈夫だろうね、とまた聞き返した。すると女は黒い目を眠そうに見張ったまま、やっぱり静かな声で、でも、死ぬんですもの、しかたがないわと言った。

じゃ、私の顔が見えるかいと一心に聞くと、見えるかいって、そら、そこに、写ってるじゃありませんかと、にこりと笑って見せた。自分は黙って、顔を枕から離した。腕組みをしながら、どうしても死ぬのかなと思った。

しばらくして、女がまたこう言った。

「死んだら、埋めてください。大きな真珠貝[2]で穴を掘って。そうして天から落ちて来る星の破片(かけ)を墓標(はかじるし)に置いてください。そうして墓のそばに待っていてください。また会いに来ますから。」

自分は、いつ会いに来るかねと聞いた。

「日が出るでしょう。それから日が沈むでしょう。それからまた出るでしょう、そうしてまた沈むでしょう。——赤い日が東から西へ、東から西へと落ちて行くうちに、——あなた、待っていられますか。」

自分は黙ってうなずいた。女は静かな調子を一段張り上げて、

「百年待っていてください。」と思い切った声で言った。

「百年、私の墓のそばに座って待っていてください。きっと会いに来ますから。」

自分はただ待っていると答えた。すると、黒い瞳のなかに鮮やかに見えた自分の姿が、ぼうっと崩れて来た。静かな水が動いて写る影を乱したように、流れ出したと思ったら、女の目がぱちりと閉じた。長いまつ毛の間から涙が頬へ垂れた。――もう死んでいた。

自分はそれから庭へ下りて、真珠貝で穴を掘った。真珠貝は大きな滑らかな縁の鋭い貝であった。土をすくうたびに、貝の裏に月の光が差してきらきらした。湿った土の匂いもした。穴はしばらくして掘れた。女をその中に入れた。そうして柔らかい土を、上からそっと掛けた。掛けるたびに真珠貝の裏に月の光が差した。

それから星の破片の落ちたのを拾って来て、かろく土の上へ乗せた。星の破片は丸かった。長い間大空を落ちている間に、角が取れて滑らかになったんだろうと思った。抱き上げて土の上へ置くうちに、自分の胸と手が少し暖かくなった。

2 真珠貝　天然の真珠や養殖真珠の母貝として用いられる貝のこと。アコヤガイ、シロチョウガイ等。

自分は苔の上に座った。これから百年の間こうして待っているんだなと考えながら、腕組みをして、丸い墓石を眺めていた。そのうちに、女の言った通り日が東から出た。大きな赤い日であった。それがまた女の言った通り、やがて西へ落ちた。赤いまんまでのっと落ちて行った。一つと自分は勘定した。

しばらくするとまた唐紅[3]の天道[4]がのそりと昇って来た。そうして黙って沈んでしまった。二つとまた勘定した。

自分はこういう風に一つ二つと勘定して行くうちに、赤い日をいくつ見たか分からない。勘定しても、勘定しても、しつくせないほど赤い日が頭の上を通り越して行った。それでも百年がまだ来ない。しまいには、苔の生えた丸い石を眺めて、自分は女にだまされたのではなかろうかと思い出した。

すると石の下から斜に自分の方へ向いて青い茎が伸びて来た。見る間に長くなってちょうど自分の胸のあたりまで来て止まった。と思うと、すらりと揺らぐ茎の頂に、心持ち首を傾けていた細長い一輪の蕾が、ふっくらと花びらを開いた。真っ白な百合が鼻の先で骨にこたえるほど匂った。そこへ遥かの上から、ぽたりと露が落ちたので、花は自分の重みでふらふらと動いた。自分は首を前へ出して冷たい露の滴る、白い花びらに接吻した。自分が百合から顔を離す拍子に思わず、遠い空を見たら、暁の星がたった一つ瞬いていた。

「百年はもう来ていたんだな。」とこの時初めて気がついた。

第二夜

こんな夢を見た。

和尚の室を退がって、廊下伝いに自分の部屋へ帰ると行灯[5]がぼんやり点っている。片膝を座布団の上に突いて、灯心を掻き立てたとき、花のような丁子[6]がぱたりと朱塗りの台に落ちた。同時に部屋がぱっと明るくなった。

襖の画は蕪村[7]の筆である。黒い柳を濃く薄く、遠近とかいて、寒そうな漁夫が笠を

3 唐紅　鮮やかで濃い紅色。深紅の色。　4 天道　太陽。　5 行灯　江戸時代を通じて広く使用された照明器具。灯心を浸した油皿を紙と木枠で覆っている。　6 丁子　丁字頭の略。灯心の頭にできたかたまり。　7 蕪村　与謝蕪村。一七一六（享保元）―一七八三（天明三）年。江戸中期の俳人・画家。摂津の人。

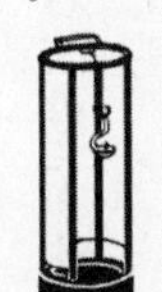
行灯

傾けて土手の上を通る。床には海中文珠[8]の軸が懸かっている。焚き残した線香が暗い方でいまだに臭っている。広い寺だから森閑として、人気がない。黒い天井に差す丸行灯の丸い影が、仰向く途端に生きてるように見えた。

立膝をしたまま、左の手で座布団を捲って、右を差し込んでみると、思った所に、ちゃんとあった。あれば安心だから、布団をもとのごとく直して、その上にどっかり座った。

お前は侍である。侍なら悟れぬはずはなかろうと和尚が言った。そういつまでも悟れぬところをもってみると、お前は侍ではあるまいと言った。人間の屑じゃと言った。ははあ怒ったなと言って笑った。くやしければ悟った証拠を持って来いと言ってぷいと向こうをむいた。けしからん。

隣の広間の床に据えてある置時計が次の刻を打つまでには、きっと悟ってみせる。悟った上で、今夜また入室[9]する。そうして和尚の首と悟りと引き替えにしてやる。悟らなければ、和尚の命が取れない。どうしても悟らなければならない。自分は侍である。

もし悟れなければ自刃[10]する。侍が辱しめられて、生きているわけにはいかない。奇麗に死んでしまう。

こう考えた時、自分の手はまた思わず布団の下へ入った。そうして朱鞘(しゅざや)の短刀を引きずり出した。ぐっと束(つか)を握って、赤い鞘を向こうへ払ったら、冷たい刃が一度に暗い部屋で光った。凄(すご)いものが手元から、すうすうと逃げて行くように思われる。そうして、ことごとく切先(きっさき)[11]へ集まって、殺気を一点に籠(こ)めている。自分はこの鋭い刃が、無念にも針の頭のように縮められて、九寸五分[12]の先へ来てやむをえず尖ってるのを見て、たちまちぐさりとやりたくなった。身体(からだ)の血が右の手首の方へ流れて来て、握っている束がにちゃにちゃする。唇が顫(ふる)えた。

短刀を鞘へ収めて右脇へ引きつけておいて、それから全伽(ぜんが)[13]を組んだ。――趙州曰(じょうしゅういわ)[14]く無と。無とは何だ。糞(くそ)坊主めとはがみをした。

8　**海中文珠**　「文珠」は、ふつう「文殊」と書く。文殊菩薩(ぼさつ)が獅子(しし)にまたがり雲に乗って海を渡るさまを描いた絵。　9　**入室**　禅宗で、師の室に入って禅の試聞に答えたり教義を問うたりすること。　10　**自刃**　刃物を用いて自分の命を絶つこと。　11　**切先**　刃物の先。　12　**九寸五分**　長さが九寸五分（約二九センチメートル）の短剣。切腹のときに用いた。　13　**全伽**　座禅のすわりかたのうち、すわって片足だけを組む「半伽」に対して、右足を左足のももに、左足を右足のももに置いて両足を組む形ですわる。　14　**趙州**　七七八―八九七年。中国の禅僧。趙州観音院に住む。諡(おくりな)は真際大師。

奥歯を強く噛み締めたので、鼻から熱い息が荒く出る。こめかみが吊って痛い。目は普通の倍も大きく開けてやった。

懸け物が見える。行灯が見える。畳が見える。和尚のやかん頭がありありと見える。鰐口[15]を開いて嘲笑った声まで聞こえる。けしからん坊主だ。どうしてもあのやかんを首にしなくてはならん。悟ってやる。無だ、無だと舌の根で念じた。無だというのにやっぱり線香の香がした。何だ線香のくせに。

自分はいきなり拳骨を固めて自分の頭をいやというほど擲った。そうして奥歯をぎりぎりと噛んだ。両腋から汗が出る。背中が棒のようになった。膝の接目が急に痛くなった。膝が折れたってどうあるものかと思った。けれども痛い。苦しい。無はなかなか出て来ない。出てくると思うとすぐ痛くなる。腹が立つ。無念になる。非常にくやしくなる。涙がほろほろ出る。ひと思いに身を巨巌の上にぶつけて、骨も肉もめちゃめちゃに砕いてしまいたくなる。

それでも我慢してじっと座っていた。堪えがたいほど切ないものを胸に盛れて忍んでいた。その切ないものが身体中の筋肉を下から持ち上げて、毛穴から外へ吹き出よう吹き出ようと焦るけれども、どこも一面に塞がって、まるで出口がないような残酷極まる状態であった。

　そのうちに頭が変になった。行灯も蕪村の画も、畳も、違い棚[16]も有って無いような、無くって有るように見えた。といって無はちっとも現前[17]しない。ただいい加減に座っていたようである。ところへ忽然(こつぜん)隣座敷の時計がチーンと鳴り始めた。

　はっと思った。右の手をすぐ短刀にかけた。時計が二つ目をチーンと打った。

第三夜

　こんな夢を見た。

　六つになる子供を負(おぶ)ってる。たしかに自分の子である。ただ不思議なことにはいつの間にか眼(め)が潰れて、青坊主[18]になっている。自分がお前の眼はいつ潰れたのかいと聞くと、なに昔からさと答えた。声は子供の声に相違ないが、言葉つきはまるで大人で

15 鰐口　ワニのような口。横に広い口をあざけっていう語。16 違い棚　床の間の脇にある棚。二枚の棚板を左右から互い違いにつけたもの。17 現前　目の前に現れること。18 青坊主　髪を剃って青々とした頭。

ある。しかも対等だ。

左右は青田である。路は細い。鷺[19]の影が時々闇に差す。

「田圃へかかったね。」と背中で言った。

「どうして分かる。」と顔を後ろへ振り向けるようにして聞いたら、

「だって鷺が鳴くじゃないか。」と答えた。

すると鷺がはたして二声ほど鳴いた。

自分は我が子ながら少し怖くなった。こんなものを背負っていては、この先どうなるか分からない。どこか打遣やる所はなかろうかと向こうを見ると闇の中に大きな森が見えた。あすこならばと考え出す途端に、背中で、

「ふふん。」という声がした。

「何を笑うんだ。」

子供は返事をしなかった。ただ

「お父さん、重いかい。」と聞いた。

「重かあない。」と答えると

「今に重くなるよ。」と言った。

自分は黙って森を目標(めじるし)にあるいて行った。田の中の路が不規則にうねってなかなか思うように出られない。しばらくすると二股になった。自分は股の根に立って、ちょっと休んだ。

「石が立ってるはずだがな。」と小僧が言った。

なるほど八寸[20]角の石が腰ほどの高さに立っている。表には左り日(ひ)ケ窪(くぼ)、右堀田原(ほったはら)とある。闇だのに赤い字が明らかに見えた。赤い字はいもり[21]の腹のような色であった。

「左がよいだろう。」と小僧が命令した。左を見るとさっきの森が闇の影を、高い空から自分らの頭の上へ抛(な)げかけていた。自分はちょっと躊躇(ちゆうちよ)した。

「遠慮しないでもいい。」と小僧がまた言った。自分は仕方なしに森の方へ歩き出した。腹の中では、よく盲目(めくら)のくせに何でも知ってるなと考えながら一筋道を森へ近づいてくると、背中で、「どうも盲目は不自由でいけないね。」と言った。

「だから負ってやるからいいじゃないか。」

19 鷺　サギ科に属する鳥の総称。嘴(くちばし)と頸(くび)が長い。水田や河沼で魚や水生昆虫を食べる。20 八寸　一寸は約三・〇三センチメートル。八寸は約二四・二センチメートル。21 いもり　イモリ科の両生類。体長八〜一一センチメートルで、沼や池に住む。

「負ってもらってすまないが、どうも人に馬鹿にされていけない。親にまで馬鹿にされるからいけない。」

何だか嫌になった。早く森へ行って捨ててしまおうと思って急いだ。

「もう少し行くと分かる。──ちょうどこんな晩だったな。」と背中で独り言のように言っている。

「何が。」と際どい声を出して聞いた。

「何がって、知ってるじゃないか。」と子供は嘲けるように答えた。すると何だか知ってるような気がし出した。けれどもはっきりとは分からない。ただこんな晩であったように思える。そうしてもう少し行けば分かるように思える。分かっては大変だから、分からないうちに早く捨ててしまって、安心しなくってはならないように思える。自分はますます足を早めた。

雨はさっきから降っている。路はだんだん暗くなる。ほとんど夢中である。ただ背中に小さい小僧がくっついていて、その小僧が自分の過去、現在、未来をことごとく照らして、寸分の事実も洩らさない鏡のように光っている。しかもそれが自分の子である。そうして盲目である。自分はたまらなくなった。

「ここだ、ここだ。ちょうどその杉の根の所だ。」

雨の中で小僧の声ははっきり聞こえた。自分は覚えず留まった。いつしか森の中へ入っていた。一間ばかり先にある黒いものはたしかに小僧の言う通り杉の木と見えた。

「お父さん、その杉の根の所だったね。」

「うん、そうだ。」と思わず答えてしまった。

「[22]文化五年辰年（たつどし）だろう。」

なるほど文化五年辰年らしく思われた。

「お前がおれを殺したのは今からちょうど百年前だね。」

自分はこの言葉を聞くや否や、今から百年前文化五年の辰年のこんな闇の晩に、この杉の根で、一人の盲目を殺したという自覚が、忽然（こつぜん）として頭の中に起こった。おれは人殺しであったんだなと初めて気がついた途端に、背中の子が急に石地蔵のように重くなった。

[22] 文化五年辰年　一八〇八年。「夢十夜」連載の年の一〇〇年前。

第四夜

広い土間の真ん中に涼み台[23]のようなものを据えて、その周囲に小さい床几[24]が並べてある。台は黒光りに光っている。片隅には四角な膳を前に置いて爺さんが一人で酒を飲んでいる。肴は煮しめらしい。

爺さんは酒の加減でなかなか赤くなっている。その上顔中つやつやして皺というほどのものはどこにも見当たらない。ただ白い髯[25]をありたけ生やしているから年寄ということだけはわかる。自分は子供ながら、この爺さんの年はいくつなんだろうと思った。ところへ裏の筧[26]から手桶に水を汲んで来たかみさんが、前垂れで手を拭きながら、

「お爺さんはいくつかね。」と聞いた。爺さんは頬張った煮しめを呑み込んで、

「いくつか忘れたよ。」と澄ましていた。かみさんは拭いた手を、細い帯の間に挟んで横から爺さんの顔を見て立っていた。爺さんは茶碗のような大きなもので酒をぐいと飲んで、そうして、ふうと長い息を白い髯の間から吹き出した。するとかみさんが、

「お爺さんの家はどこかね。」と聞いた。爺さんは長い息を途中で切って、

「臍（へそ）の奥だよ。」と言った。かみさんは手を細い帯の間に突っ込んだまま、

「どこへ行くかね。」とまた聞いた。すると爺さんが、また茶碗のような大きなもので熱い酒をぐいと飲んで前のような息をふうと吹いて、

「あっちへ行くよ。」と言った。

「真っ直（す）ぐかい。」とかみさんが聞いた時、ふうと吹いた息が、障子を通り越して柳の下を抜けて、河原の方へ真っ直ぐに行った。

爺さんが表へ出た。自分も後から出た。爺さんの腰に小さい瓢箪[27]（ひょうたん）がぶら下がっている。肩から四角な箱を腋の下へ釣るしている。浅黄[28]（あさぎ）の股引きを穿（は）いて、浅黄の袖無し[29]を着ている。足袋だけが黄色い。何だか皮で作った足袋のように見えた。

爺さんが真っ直ぐに柳の下まで来た。柳の下に子供が三、四人いた。爺さんは笑いながら腰から浅黄の手拭いを出した。それを肝心綯[30]（かんじんより）のように細長く綯（よ）った。そうし

23 **涼み台**　暑さをしのぐために縁先などに置いた腰掛け台。24 **床几**　腰掛けの一種。25 **髯**　頬ひげ。26 **筧**　かけ渡して水を導く樋（とい）。27 **瓢箪**　ユウガオの変種であるヒョウタンの果実の中身をくりぬいて作った器。28 **浅黄**　薄い黄色。29 **袖無し**　袖のない羽織。30 **肝心綯**　当て字。観世縒（かんぜより）のこと。こより。和紙を細長く裂いて、ひも状によったもの。

て地面の真ん中に置いた。それから手拭いの周囲に、大きな丸い輪を描いた。しまいに肩にかけた箱の中から真鍮で製らえた飴屋の笛を出した。

「今にその手拭いが蛇になるから、見ておろう。見ておろう。」と繰り返して言った。

子供は一生懸命に手拭いを見ていた。自分も見ていた。

「見ておろう、見ておろう、よいか。」と言いながら爺さんが笛を吹いて、輪の上をぐるぐる回り出した。自分は手拭いばかり見ていた。けれども手拭いはいっこう動かなかった。

爺さんは笛をぴいぴい吹いた。そうして輪の上を何遍も回った。草鞋を爪立てるように、抜き足をするように、手拭いに遠慮をするように、回った。怖そうにも見えた。面白そうにもあった。

やがて爺さんは笛をぴたりとやめた。そうして、肩に掛けた箱の口を開けて、手拭いの首を、ちょいとつまんで、ぽっと放り込んだ。

「こうしておくと、箱の中で蛇になる。今に見せてやる。今に見せてやる。」と言いながら、爺さんが真っ直ぐに歩き出した。柳の下を抜けて、細い路を真っ直に下りて行った。自分は蛇が見たいから、細い道をどこまでも追いて行った。爺さんは時々

「今になる。」と言ったり、「蛇になる。」と言ったりして歩いて行く。しまいには、

「今になる、蛇になる、
　きっとなる、笛が鳴る、」

と唄いながら、とうとう河の岸へ出た。橋も舟もないから、ここで休んで箱の中の蛇を見せるだろうと思っていると、爺さんはざぶざぶ河の中へ入り出した。始めは膝ぐらいの深さであったが、だんだん腰から、胸の方まで水に浸って見えなくなる。それでも爺さんは

「深くなる、夜になる、
　真っ直ぐになる。」

と唄いながら、どこまでも真っ直ぐに歩いて行った。そうして髯も顔も頭も頭巾[31]もまるで見えなくなってしまった。

自分は爺さんが向こう岸へ上がった時に、蛇を見せるだろうと思って、蘆の鳴る所に立って、たった一人いつまでも待っていた。けれども爺さんは、

---

31 頭巾　頭部を覆うかぶり物の一種。

頭巾

とうとう上がって来なかった。

第五夜

こんな夢を見た。

何でもよほど古いことで、神代に近い昔と思われるが、自分が軍をして運悪く敗北たために、生擒になって、敵の大将の前に引き据えられた。

その頃の人はみんな背が高かった。そうして、みんな長い髯を生やしていた。革の帯を締めて、それへ棒のような剣を釣るしていた。弓は藤蔓の太いのをそのまま用いたように見えた。漆も塗ってなければ磨きもかけてない。極めて素朴なものであった。

敵の大将は、弓の真ん中を右の手で握って、その弓を草の上へ突いて、酒甕を伏せたようなものの上に腰をかけていた。その顔を見ると、鼻の上で、左右の眉が太く接続っている。その頃髪剃りというものは無論なかった。

自分は虜だから、腰をかけるわけにいかない。草の上に胡坐をかいていた。足には大きな藁沓[32]を穿いていた。この時代の藁沓は深いものであった。立つと膝頭まで来た。

その端の所は藁を少し編み残して、房のように下げて、歩くとばらばら動くようにして、飾りとしていた。

大将は篝火(かがりび)で自分の顔を見て、死ぬか生きるかと聞いた。これはその頃の習慣で、捕虜(とりこ)にはだれでも一応はこう聞いたものである。生きると答えると降参した意味で、死ぬと言うと屈服しないということになる。自分は一言死ぬと答えた。大将は草の上に突いていた弓を向こうへ抛(な)げて、腰に釣るした棒のような剣をするりと抜きかけた。それへ風に靡(なび)いた篝火が横から吹きつけた。自分は右の手を楓(かえで)のように開いて、掌(たなごころ)を大将の方へ向けて、眼の上へ差し上げた。待てという合図である。大将は太い剣をかちゃりと鞘(さや)に収めた。

その頃でも恋はあった。自分は死ぬ前に一目思う女に逢(あ)いたいと言った。大将は夜が明けて鶏(とり)が鳴くまでなら待つと言った。鶏が鳴くまでに女をここへ呼ばなければならない。鶏が鳴いても女が来なければ、自分は逢わずに殺されてしまう。

大将は腰をかけたまま、篝火を眺めている。自分は大きな藁沓を組み合

32 藁沓　ワラで編んだ靴。

藁沓

わしたまま、草の上で女を待っている。夜はだんだん更ける。

時々篝火が崩れる音がする。崩れるたびに狼狽えたように焔が大将になだれかかる。真っ黒な眉の下で、大将の眼がぴかぴかと光っている。すると誰やら来て、新しい枝をたくさん火の中へ抛げ込んでいく。しばらくすると、火がぱちぱちと鳴る。暗闇を弾き返すような勇ましい音であった。

この時女は、裏の楢[33]の木に繋いである、白い馬を引き出した。鬣を三度撫でて高い背にひらりと飛び乗った。鞍[34]もない鐙[35]もない裸馬であった。長く白い足で、太腹を蹴ると、馬はいっさんに駆け出した。誰かが篝を継ぎ足したので、遠くの空が薄明るく見える。馬はこの明るいものを目懸けて闇の中を飛んで来る。鼻から火の柱のような息を二本出して飛んで来る。それでも女は細い足でしきりなしに馬の腹を蹴っている。馬は蹄の音が宙で鳴るほど早く飛んで来る。女の髪は吹き流しのように闇の中に尾を曳いた。それでもまだ篝のある所まで来られない。

するとと真っ暗な道の傍で、たちまちこけこっこうという鶏の声がした。女は身を空様[36]に、両手に握った手綱をうんと控えた。馬は前足の蹄を堅い岩の上に発矢と刻み込んだ。

こけこっこうと鶏がまた一声鳴いた。

女はあっと言って、緊めた手綱を一度に緩めた。馬は諸膝を折る。乗った人と共に真向へ前へのめった。岩の下は深い淵であった。

蹄の跡はいまだに岩の上に残っている。鶏の鳴く真似をしたものは天探女[37]である。この蹄の痕の岩に刻みつけられている間、天探女は自分の敵である。

第六夜

運慶[38]が護国寺[39]の山門[40]で仁王[41]を刻んでいるという評判だから、散歩ながら行ってみると、自分より先にもう大勢集まって、しきりに下馬評をやっていた。

---

33 椢の木　ブナ科の落葉高木コナラなどの総称。どんぐりがなる。34 鞍　馬などの背に置いて、人が乗りやすいようにした道具。35 鐙　鞍の両脇につるして、乗り手が足を踏みかける道具。36 空様　あおむけ。37 天探女　『日本書紀』『古事記』や『万葉集』に登場する「天探女」は、天照大神の使いである雉を天稚彦に射殺させた女神。「天邪鬼」はこの女神を起源とするとする説がある。38 運慶　?―一二二三年。鎌倉時代初期の仏師。39 護国寺　東京都文京区にある真言宗の寺。一六八一年創建。40 山門　寺院の門。41 仁王　仏法の守護神として、寺門または須弥壇前面の両側に安置した一対の金剛力士像。阿吽の相をなす。

山門の前五、六間[42]の所には、大きな赤松があって、その幹が斜めに山門の甍を隠して、遠い青空まで伸びている。松の緑と朱塗りの門が互いに映り合ってみごとに見える。その上松の位置がいい。門の左の端を目障りにならないように、斜に切っていって、上になるほど幅を広く屋根まで突き出しているのが何となく古風である。鎌倉時代とも思われる。

ところが見ているものは、みんな自分と同じく、明治の人間である。そのうちでも車夫[43]が一番多い。辻待ち[44]をして退屈だから立っているに相違ない。

「大きなもんだなあ。」と言っている。

「人間を拵えるよりもよっぽど骨が折れるだろう。」とも言っている。

そうかと思うと、「へえ仁王だね。今でも仁王を彫るのかね。へえそうかね。わっしゃまた仁王はみんな古いのばかりかと思ってた。」と言った男がある。

「どうも強そうですね。なんだってえますぜ。昔から誰が強いって、仁王ほど強い人あ無いって言いますぜ。何でも日本武尊[45]よりも強いんだってえからね。」と話しかけた男もある。この男は尻[46]をはしょって、帽子をかぶらずにいた。よほど無教育な男と見える。

運慶は見物人の評判には委細頓着(とんじゃく)なく鑿[47](のみ)と槌[48](つち)を動かしている。いっこう振り向きもしない。高い所に乗って、仁王の顔の辺りをしきりに彫り抜いていく。

運慶は頭に小さい烏帽子[49](えぼし)のようなものを乗せて、素袍[50](すおう)だか何だかわからない大きな袖を背中で括(くく)っている。その様子がいかにも古くさい。わいわい言ってる見物人とはまるで釣り合いが取れないようである。自分はどうして今時分まで運慶が生きているのかなと思った。どうも不思議なことがあるものだと考えながら、やはり立って見ていた。

しかし運慶の方では不思議とも奇態ともとんと感じ得ない様子で一生懸命に彫っている。仰向いてこの態度を眺めていた一人の若い男が、自分の方を振り向いて、

「さすがは運慶だな。眼中に我々なしだ。天下の英雄はただ仁王と我とあるのみとい

---

42 **間** 長さの単位。一間は、約一・八メートル。43 **車夫** 人力車を引く職業の男性。44 **辻待ち** 道端で乗客を待つこと。45 **日本武尊** ヤマトタケルノミコト。『古事記』『日本書紀』に登場する古代の伝説上の英雄。46 **尻をはしょって** 着物の端や裾を折って帯などに挟んで。47 **鑿** 木材や石材の加工に用いる工具。槌で柄頭を打って使う。48 **槌** 物を打ちたたく工具。49 **烏帽子** 元服した男子のかぶりもの。50 **素袍** 室町時代に、庶民の男子が着用した裏地のない普段着。

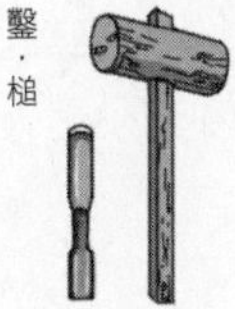
鑿・槌

う態度だ。天晴（あっぱ）れだ。」と言って褒め出した。

　自分はこの言葉を面白いと思った。それでちょっと若い男の方を見ると、若い男は、すかさず、

「あの鑿と槌の使い方を見たまえ。[51]大自在の妙境に達している。」と言った。

　運慶は今太い眉を[52]一寸の高さに横へ彫り抜いて、鑿の歯を縦に返すや否や斜に、上から槌を打ち下ろした。堅い木を一刻みに削って、厚い木屑（きくず）が槌の声に応じて飛んだと思ったら、小鼻のおっ開（ぴら）いた怒り鼻の側面がたちまち浮き上がって来た。その刀（とう）の入れ方がいかにも無遠慮であった。そうして少しも疑念をさしはさんでおらんように見えた。

「よくああ無造作に鑿を使って、思うような眉（まみえ）や鼻ができるものだな。」と自分はあんまり感心したから独り言のように言った。するとさっきの若い男が、

「なに、あれは眉や鼻を鑿で作るんじゃない。あの通りの眉や鼻が木の中に埋まっているのを、鑿と槌の力で掘り出すまでだ。まるで土の中から石を掘り出すようなものだからけっして間違うはずはない」と言った。

　自分はこの時初めて彫刻とはそんなものかと思い出した。はたしてそうなら誰にで

もできることだと思い出した。それで急に自分も仁王が彫ってみたくなったから見物をやめてさっそく家(うち)へ帰った。

道具箱から鑿と金槌を持ち出して、裏へ出て見ると、せんだっての暴風(あらし)で倒れた樫(かし)を、薪(まき)にするつもりで、木挽き(こび)[53]に挽かせた手頃な奴(やつ)が、たくさん積んであった。

自分は一番大きいのを選んで、勢いよく彫り始めて見たが、不幸にして、仁王は見当たらなかった。その次のにも運悪く掘り当てることができなかった。三番目のにも仁王はいなかった。自分は積んである薪を片っ端から彫って見たが、どれもこれも仁王を蔵(かく)しているのはなかった。ついに明治の木にはとうてい仁王は埋まっていないものだと悟った。それで運慶が今日まで生きている理由もほぼ分かった。

---

51 大自在の妙境　芸術・技芸などが自由で思いのままになる絶妙の境地。52 寸　長さの単位。一寸は、約三・〇三センチメートル。53 木挽き　樹木をのこぎりで引いて、用材に仕立てることを職業とする人。

第七夜

なんでも大きな船に乗っている。

この船が毎日毎夜すこしの絶え間なく黒い煙(けぶり)を吐いて波を切って進んで行く。凄(すさ)まじい音である。けれどもどこへ行くんだか分からない。ただ波の底から焼け火箸のような太陽が出る。それが高い帆柱の真上まで来てしばらくかかっているかと思うと、いつの間にか大きな船を追い越して、先へ行ってしまう。そうして、しまいには焼け火箸のようにじゅっといってまた波の底に沈んで行く。そのたんびに青い波が遠くの向こうで、蘇枋(すおう)[54]の色に沸き返る。すると船は凄まじい音を立ててその跡を追っかけて行く。けれどもけっして追っつかない。

ある時自分は、船の男を捕(つら)まえて聞いてみた。

「この船は西へ行くんですか。」

船の男は怪訝(けげん)な顔をして、しばらく自分を見ていたが、やがて、

「なぜ。」と問い返した。

「落ちて行く日を追っかけるようだから。」

船の男はからからと笑った。そうして向こうの方へ行ってしまった。

「西へ行く日の、果ては東か。それはほんまか。東出る日の、お里は西か。それもほんまか。身は波の上。楫枕[55]。流せ流せ。」と囃している。舳へ行って見たら、水夫が大勢寄って、太い帆綱を手繰っていた。

自分は大変心細くなった。いつ陸へ上がれることか分からない。そうしてどこへ行くのだか知れない。ただ黒い煙を吐いて波を切って行くことだけはたしかである。その波はすこぶる広いものであった。際限もなく青く見える。時には紫にもなった。ただ船の動く周りだけはいつでも真っ白に泡を吹いていた。自分は大変心細かった。こんな船にいるよりいっそ身を投げて死んでしまおうかと思った。

乗合いはたくさんいた。たいていは異人のようであった。しかしいろいろな顔をしていた。空が曇って船が揺れた時、一人の女が手すりに寄りかかって、しきりに泣いていた。

54 蘇枋　黒みを帯びた紅色。　55 楫枕　楫を枕として寝る意から、船旅。「楫」は、水をかいて船をこぎ進める道具。

ていた。目を拭くハンケチの色が白く見えた。しかし体には更紗[56]（さらさ）のような洋服を着ていた。この女を見た時に、悲しいのは自分ばかりではないのだと気がついた。

ある晩甲板の上に出て、一人で星を眺めていたら、一人の異人が来て、天文学を知ってるかと尋ねた。自分はつまらないから死のうとさえ思っている。天文学などを知る必要がない。黙っていた。するとその異人が金牛宮[57]の頂にある七星（しちせい）の話をして聞かせた。そうして星も海もみんな神の作ったものだと言った。最後に自分に神を信仰するかと尋ねた。自分は空を見て黙っていた。

ある時サローン[58]に入ったら派出な衣裳（いしょう）を着た若い女が向こうむきになって、ピアノを弾いていた。そのそばに背の高い立派な男が立って、唱歌を歌っている。その口が大変大きく見えた。けれども二人は二人以外のことにはまるで頓着していない様子であった。船に乗っていることさえ忘れているようであった。

自分はますますつまらなくなった。とうとう死ぬことに決心した。それである晩、あたりに人のいない時分、思い切って海の中へ飛び込んだ。ところが——自分の足が甲板を離れて、船と縁が切れたその刹那に、急に命が惜しくなった。心の底からよせばよかったと思った。けれども、もう遅い。自分は嫌でも応でも海の中へ入らなければならない。ただ大変高くできていた船と見えて、体は船を離れたけれども、足は容易に水に着かない。しかし捕まえるものがないから、しだいしだいに水に近づいて来る。いくら足を縮めても近づいて来る。水の色は黒かった。

そのうち船は例の通り黒い煙を吐いて、通り過ぎてしまった。自分はどこへ行くんだか分からない船でも、やっぱり乗っている方がよかったと初めて悟りながら、しかもその悟りを利用することができずに、無限の後悔と恐怖とを抱いて黒い波の方へ静かに落ちて行った。

第八夜

床屋の敷居を跨いだら、白い着物を着てかたまっていた三、四人が、一度にいらっ

---

56 更紗　綿布や絹布に、人物・鳥獣・花などの模様を多色で染めたもの。［ポルトガル語］saraça　57 金牛宮の頂にある七星「金牛宮」は、黄道十二宮の二番目の宮。現在はおひつじ座にあたるが、古代オリエントではおうし座にあたった。「七星」はおうし座にあるスバルのこと。58 サローン　ホテルや客船などの広間。談話室。サロン。［フランス語］salon

しゃいと言った。

真ん中に立って見回すと、四角な部屋である。窓が二方に開いて、残る二方に鏡が懸かっている。鏡の数を勘定したら六つあった。

自分はその一つの前へ来て腰をおろした。するとお尻がぶくりといった。よほど座り心地がよくできた椅子である。鏡には自分の顔が立派に映った。顔の後ろには窓が見えた。それから帳場格子(ちょうばごうし)[59]が斜に見えた。格子の中には人がいなかった。窓の外を通る往来の人の腰から上がよく見えた。

庄太郎(しょうたろう)が女を連れて通る。庄太郎はいつの間にかパナマ[60]の帽子を買って被(かぶ)っている。女もいつの間に拵(こしら)えたものやら。ちょっと分からない。双方とも得意のようであった。よく女の顔を見ようと思ううちに通り過ぎてしまった。

豆腐屋が喇叭(らっぱ)を吹いて通った。喇叭を口へあてがっているんで、頬(ほっ)ぺたが蜂に刺されたように膨れていた。膨れたまんまで通り越したものだから、気がかりでたまらない。生涯蜂に刺されているように思う。

芸者が出た。まだお化粧(つくり)をしていない。島田[61]の根が緩んで、なんだか頭に締まりがない。顔も寝ぼけている。色沢(いろつや)が気の毒なほど悪い。それでお辞儀をして、どうもなんとかですと言ったが、相手はどうしても鏡の中へ出て来ない。

すると白い着物を着た大きな男が、自分の後ろへ来て、鋏と櫛を持って自分の頭を眺め出した。自分は薄い髭を捩って、どうだろう物になるだろうかと尋ねた。白い男は、なにも言わずに、手に持った[62]琥珀色の櫛で軽く自分の頭を叩いた。

「さあ、頭もだが、どうだろう、物になるだろうか。」と自分は白い男に聞いた。白い男はやはり何も答えずに、ちゃきちゃきと鋏を鳴らし始めた。

鏡に映る影を一つ残らず見るつもりで眼を見張っていたが、鋏の鳴るたんびに黒い毛が飛んで来るので、恐ろしくなって、やがて眼を閉じた。すると白い男が、こう言った。

「旦那は表の金魚売りをご覧なすったか。」

自分は見ないと言った。白い男はそれぎりで、しきりと鋏を鳴らしていた。すると

59 **帳場格子**　商店などで、帳場の周りを囲う衝立格子。60 **パナマの帽子**　中南米産のパナマソウの葉を裂いて繊維状にしたものを編んで作った夏用の帽子。61 **島田**　島田まげのこと。若い女性の髪型の一種。62 **琥珀色**　琥珀のような半透明の黄色。

帳場格子

パナマの帽子

島田

突然大きな声で危ねえと言ったものがある。はっと眼を開けると、白い男の袖の下に自転車の輪が見えた。[63]人力の梶棒(かじぼう)が見えた。と思うと、白い男が両手で自分の頭を押えてうんと横へ向けた。自転車と人力車はまるで見えなくなった。鋏の音がちゃきちゃきする。

やがて、白い男は自分の横へ回って、耳の所を刈り始めた。毛が前の方へ飛ばなくなったから、安心して眼を開けた。[64]粟餅(あわもち)や、餅やあ、餅や、という声がすぐ、そこでする。小さい[65]杵(きね)をわざと[66]臼(うす)へあてて、拍子を取って餅を搗(つ)いている。粟餅屋は子供の時に見たばかりだから、ちょっと様子が見たい。けれども粟餅屋はけっして鏡の中に出て来ない。ただ餅を搗く音だけする。

自分はあるたけの視力で鏡の角を覗き込むようにして見た。すると帳場格子のうちに、いつの間にか一人の女が座っている。色の浅黒い眉毛(まみえ)の濃い大柄な女で、髪を[67]銀杏返(いちょうがえ)しに結って、[68]黒繻子(くろじゅす)の[69]半襟(はんえり)のかかった[70]素袷(すあわせ)で、立膝のまま、札の勘定をしている。札は十円札らしい。女は長いまつ毛を伏せて薄い唇を結んで一生懸命に、札の数を読んでいるが、その読み方がいかにも早い。しかも札の数はどこまで行っても尽きる様子がない。膝の上に乗っているのはたかだか百枚ぐらいだが、その百枚がいつまで勘定しても百枚である。

自分は茫然としてこの女の顔と十円札を見つめていた。すると耳の元で白い男が大きな声で「洗いましょう。」と言った。ちょうどうまいおりだから、椅子から立ち上がるや否や、帳場格子の方をふり返って見た。けれども格子のうちには女も札もなんにも見えなかった。

代を払って表へ出ると、門口の左側に、小判なり[71]の桶が五つばかり並べてあって、その中に赤い金魚や、斑入の金魚や、痩せた金魚や、肥った金魚がたくさん入れてあった。そうして金魚売りがその後ろにいた。金魚売りは自分の前に並べた金魚を見つめたまま、頬杖を突いて、じっとしている。騒がしい往来の活動にはほとんど心を留めていない。自分はしばらく立ってこの金魚売りを眺めていた。けれども自分が眺めている間、金魚売りはちっとも動かなかった。

63 **人力の梶棒**　人力車の、荷台をひくために取り付けてある長い柄。64 **粟餅**　穀物の一種である粟をついて作った餅。65 **杵**　穀物の脱穀や製粉、餅つきなどに使う道具。66 **臼**　杵と一対になっており、餅つきなどに使う道具。67 **銀杏返し**　女性の髪型の一種。68 **黒繻子**　黒い繻子織りのこと。繻子はなめらかで光沢のある織物。69 **半襟**　装飾あるいは汚れを防ぐため、着物の襟にかぶせる布。70 **素袷**　素肌に直接あわせを着るよそおい。71 **小判なり**　楕円形。

杵・臼

第九夜

世の中が何となくざわつき始めた。今にも戦争(いくさ)が起こりそうに見える。焼け出された裸馬が、夜昼となく、屋敷の周囲(まわり)を暴(あ)れ回ると、それを夜昼となく足軽共(あしがるども)[72]がひしめきながら追っかけているような心持ちがする。それでいて家のうちは森(しん)として静かである。

家には若い母と三つになる子供がいる。父はどこかへ行った。父がどこかへ行ったのは、月の出ていない夜中であった。床の上で草鞋(わらじ)を穿(は)いて、黒い頭巾を被って、勝手口から出て行った。その時母の持っていた雪洞(ぼんぼり)[73]の灯(ひ)が暗い闇に細長く射して、生垣の手前にある古い檜(ひのき)[74]を照らした。

父はそれきり帰って来なかった。母は毎日三つになる子供に「お父様は。」と聞いている。子供はなんとも言わなかった。しばらくしてから「あっち。」と答えるようになった。母が「いつお帰り。」と聞いてもやはり「あっち。」と答えて笑っていた。その時は母も笑った。そうして「今にお帰り。」という言葉を何遍となく繰り返して教えた。けれども子供は「今に。」だけを覚えたのみである。時々は「お父様はどこ。」と聞かれて「今に。」と答えることもあった。

夜になって、四隣が静まると、母は帯を締め直して、鮫鞘[75]の短刀を帯の間へ差して、子供を細帯で背中へ背負って、そっと潜りから出て行く。母はいつでも草履を穿いていた。子供はこの草履の音を聞きながら母の背中で寝てしまうこともあった。

土塀の続いている屋敷町を西へ下って、だらだら坂を降り尽くすと、大きな銀杏がある。この銀杏を目標に右に切れると、一丁ばかり奥に石の鳥居がある。片側は田圃で、片側は熊笹[76]ばかりの中を鳥居まで来て、それを潜り抜けると、暗い杉の木立になる。それから二十間ばかり敷石伝いに突き当たると、古い拝殿の階段の下に出る。鼠色に洗い出された賽銭箱の上に、大きな鈴の紐がぶら下がって昼間見ると、その鈴の傍に八幡宮という額が懸かっている。八の字が、鳩が二羽向かいあったような書体にできているのが面白い。そのほかにもいろいろの額がある。たいていは家中のものの

72 **足軽**　中世以降の歩兵。 73 **雪洞**　照明具の一種。灯火を紙や絹布などで覆ったもの。 74 **檜**　ヒノキ科の常緑高木樹。 75 **鮫鞘**　鮫の皮を巻いた刀の鞘。 76 **熊笹**　山地に生える笹の俗称。

雪洞

射抜いた金的[77]を、射抜いたものの名前に添えたのが多い。たまには太刀を納めたのもある。

鳥居を潜ると杉の梢でいつでも梟(ふくろう)が鳴いている。そうして、[78]冷飯草履(ひやめしぞうり)の音がぴちゃぴちゃする。それが拝殿の前でやむと、母はまず鈴を鳴らしておいて、すぐにしゃがんで柏手(かしわで)を打つ。たいていはこの時梟が急に鳴かなくなる。それから母は一心不乱に夫の無事を祈る。母の考えでは、夫が侍であるから、弓矢の神の八幡へ、こうやって[79]是非ない願をかけたら、よもや聴かれぬ道理はなかろうといちずに思いつめている。子供はよくこの鈴の音で眼を覚まして、四辺(あたり)を見ると真っ暗だものだから、急に背中で泣き出すことがある。その時母は口の内で何か祈りながら、背を振ってあやそうとする。するとうまく泣きやむこともある。またますます激しく泣き立てることもある。いずれにしても母は容易に立たない。

一通り夫の身の上を祈ってしまうと、今度は細帯を解いて、背中の子を摺(ず)りおろすように、背中から前へ回して、両手に抱きながら拝殿を上って行って、「よい子だから、少しの間、待っておいでよ。」ときっと自分の頬を子供の頬へ擦(す)りつける。そうして細帯を長くして、子供を縛っておいて、その片端を拝殿の欄干に括(くく)りつける。それから段々を下りて来て二十間の敷石を往ったり来たりお百度[80]を踏む。

拝殿に括りつけられた子は、暗闇の中で、細帯の丈のゆるす限り、広縁の上を這い回っている。そういうときは母にとって、はなはだ楽な夜である。けれども縛った子にひいひい泣かれると、母は気が気でない。お百度の足が非常に早くなる。大変息が切れる。仕方のないときは、中途で拝殿へ上って来て、いろいろすかしておいて、またお百度を踏み直すこともある。

こういう風に、幾晩となく母が気を揉んで、夜の目も寝ずに心配していた父は、とくの昔に浪士[81]のために殺されていたのである。

こんな悲しい話を、夢の中で母から聞いた。

77 **金的**　射的の一種。約三センチメートル四方の金紙を貼った板の真ん中に、直径約一センチメートルの円を描いたもの。78 **冷飯草履**　ワラの緒のついた粗末な草履。79 **是非ない**　やむを得ない。80 **お百度**　願い事がかなうように、ある特定の寺社に百度参拝すること。あるいは境内の一定の距離を百度往復すること。81 **浪士**　仕える主君を失った侍。

第十夜

庄太郎が女に攫われてから七日目の晩にふらりと帰って来て、急に熱が出てどっと、床に就いているといって健さんが知らせに来た。

庄太郎は町内一の好男子で、至極善良な正直者である。ただ一つの道楽がある。パナマの帽子を被って、夕方になると水菓子[82]屋の店先へ腰をかけて、往来の女の顔を眺めている。そうしてしきりに感心している。そのほかにはこれというほどの特色もない。

あまり女が通らないときは、往来を見ないで水菓子を見ている。水菓子にはいろいろある。水蜜桃や、林檎や、枇杷や、バナナを奇麗に籠に盛って、すぐ見舞物に持って行けるように二列に並べてある。庄太郎はこの籠を見ては奇麗だと言っている。商売をするなら水菓子屋に限ると言っている。そのくせ自分はパナマの帽子を被ってぶらぶら遊んでいる。

この色がいいと言って、夏蜜柑などを品評することもある。けれども、かつて銭を出して水菓子を買ったことがない。ただでは無論食わない。色ばかり賞めている。

ある夕方一人の女が、不意に店先に立った。身分のある人と見えて立派な服装をしている。その着物の色がひどく庄太郎の気に入った。その上庄太郎は大変女の顔に感心してしまった。そこで大事なパナマの帽子をとって丁寧に挨拶をしたら、女は籠詰めの一番大きいのを指して、これをくださいと言うんで、庄太郎はすぐその籠を取って渡した。すると女はそれをちょっと提げてみて、大変重いことと言った。

庄太郎は元来閑人（ひまじん）の上に、すこぶるきさくな男だから、ではお宅まで持って参りましょうと言って、女といっしょに水菓子屋を出た。それぎり帰って来なかった。

いかな庄太郎でも、あんまり呑気（のんき）過ぎる。ただごとじゃなかろうと言って、親類や友達が騒ぎ出していると、七日目の晩になって、ふらりと帰って来た。そこで大勢寄ってたかって、庄さんどこへ行っていたんだいと聞くと、庄太郎は電車へ乗って山へ行ったんだと答えた。

なんでもよほど長い電車に違いない。庄太郎の言うところによると、電車を下りる

82 水菓子　果物のこと。

とすぐと原へ出たそうである。非常に広い原で、どこを見回しても青い草ばかり生えていた。女といっしょに草の上を歩いて行くと、急に絶壁の天辺へ出た、その時女が庄太郎に、ここから飛び込んでごらんなさいと言った。底を覗いてみると、切岸は見えるが底は見えない。庄太郎はまたパナマの帽子を脱いで再三辞退した。すると女が、もし思い切って飛び込まなければ、豚に舐められますがようござんすかと聞いた。庄太郎は豚と雲右衛門が大嫌いだった。けれども命にはかえられないと思って、やっぱり飛び込むのを見合わせていた。ところへ豚が一匹鼻を鳴らしてきた。庄太郎は仕方なしに、持っていた細い檳榔樹の洋杖で、豚の鼻頭を打った。豚はぐうといいながら、ころりとひっくり返って、絶壁の下へ落ちて行った。庄太郎はほっとひと息接いでいるとまた一匹の豚が大きな鼻を庄太郎に擦りつけにきた。庄太郎はやむをえずまた洋杖を振り上げた。豚はぐうと鳴いてまた真っ逆様に穴の底へ転げ込んだ。するとまた一匹あらわれた。この時庄太郎はふと気がついて、向こうを見ると、遥かの青草原の尽きる辺りから幾万匹か数え切れぬ豚が、群れをなして一直線に、この絶壁の上に立っている庄太郎を目懸けて鼻を鳴らしてくる。庄太郎は心から恐縮した。けれども仕方がないから、近寄ってくる豚の鼻頭を、一つ一つ丁寧に檳榔樹の洋杖で打っていた。

不思議なことに洋杖が鼻へ触りさえすれば豚はころりと谷の底へ落ちて行く。覗いてみると底の見えない絶壁を、逆さになった豚が行列して落ちて行く。自分がこのくらい多くの豚を谷へ落としたかと思うと、庄太郎は我ながら怖くなった。けれども豚は続々くる。黒雲に足が生えて、青草を踏み分けるような勢いで無尽蔵に鼻を鳴らしてくる。

庄太郎は必死の勇をふるって、豚の鼻頭を七日六晩叩いた。けれども、とうとう精根が尽きて、手が蒟蒻(こんにゃく)のように弱って、しまいに豚に舐められてしまった。そうして絶壁の上へ倒れた。

健さんは、庄太郎の話をここまでして、だからあんまり女を見るのはよくないよと言った。自分ももっともだと思った。けれども健さんは庄太郎のパナマの帽子が貰(もら)いたいと言っていた。

庄太郎は助かるまい。パナマは健さんのものだろう。

83 **絶壁** 断崖のこと。切岸に同じ。84 **雲右衛門** 桃中軒雲右衛門。一八七三（明治六）―一九一六（大正五）。浪曲師。本名、岡本峰吉。浪曲界の先駆者で、一世をふうびした。85 **檳榔樹** ヤシ科の常緑樹。木材はステッキの柄などに使われる。

文鳥（ぶんちょう）

発表——一九〇八（明治四一）年

高校国語教科書初出——一九八三（昭和五八）年

東京書籍『現代文』

明治書院『現代文』

十月早稲田[1]に移る。伽藍[2]のような書斎にただ一人、片づけた顔[3]を頬杖で支えていると、三重吉[4]が来て、鳥をお飼いなさいと言う。飼ってもいいと答えた。しかし念のためだから、何を飼うのかねと聞いたら、文鳥[5]ですという返事であった。

文鳥は三重吉の小説に出てくるくらいだから奇麗な鳥に違いなかろうと思って、じゃ買ってくれたまえと頼んだ。ところが三重吉は是非お飼いなさいと、同じようなことを繰り返している。うむ買うよ買うよとやはり頬杖を突いたままで、むにゃむにゃ言ってるうちに三重吉は黙ってしまった。おおかた頬杖に愛想を尽かしたんだろうと、このとき初めて気がついた。

1 早稲田　現在の東京都新宿区早稲田辺り。 2 伽藍　寺院。ここは、寺院の本堂のように人一人いない部屋の意味。 3 片づけた顔　なにごともせず落ち着いてとりすましている顔。
4 三重吉　鈴木三重吉。小説家。漱石の教え子で、このとき、東京帝国大学英文科三年。
5 文鳥　カエデチョウ科の小鳥。体長約一四センチメートル。背中が青灰色で、頭と尾が黒い。頬が白く、くちばしは太くて赤い。腹面は淡い褐色。

文鳥

すると三分ばかりして、今度は籠をお買いなさいと言いだした。これもよろしいと答えると、是非お買いなさいと念を押す代わりに、鳥籠の講釈を始めた。その講釈はだいぶ込み入ったものであったが、気の毒なことに、みんな忘れてしまった。ただよいのは二十円[6]ぐらいするという段になって、急にそんな高価のでなくってもよかろうと言っておいた。三重吉はにやにやしている。

それから全体どこで買うのかと聞いてみると、なにどこの鳥屋にでもありますと、実に平凡な答えをした。籠はと聞き返すと、籠ですか、籠はその何ですよ、なにどこにかあるでしょう、とまるで雲を攫むような寛大なことを言う。でも君あてがなくっちゃいけなかろうと、あたかもいけないような顔をしてみせたら、三重吉は頰ぺたへ手をあてて、何でも駒込[7]に籠の名人があるそうですが、年寄りだそうですから、もう死んだかもしれませんと、非常に心細くなってしまった。

何しろ言いだしたものに責任を負わせるのは当然のことだから、さっそく万事を三重吉に依頼することにした。すると、すぐ金を出せと言う。金はたしかに出した。三重吉はどこで買ったか、七子[8]の三つ折の紙入れを懐中していて、人の金でも自分の金でも悉皆[9]この紙入れの中に入れる癖がある。自分は三重吉が五円札をたしかにこの紙入れの底へ押し込んだのを目撃した。

かようにして金はたしかに三重吉の手に落ちた。しかし鳥と籠とは容易にやって来ない。

そのうち秋が小春[10]になった。三重吉はたびたび来る。よく女の話などをして帰って行く。文鳥と籠の講釈は全く出ない。硝子戸を透かして五尺の縁側には日がよく当たる。どうせ文鳥を飼うなら、こんな暖かい季節に、この縁側へ鳥籠を据えてやったら、文鳥もさだめし鳴きよかろうと思うくらいであった。

三重吉の小説によると、文鳥は千代千代と鳴くそうである。その鳴き声がだいぶん気に入ったとみえて、三重吉は千代千代を何度となく使っている。あるいは千代という女に惚れていたことがあるのかもしれない。しかし当人はいっこうそんなことを言わない。自分も聞いてみない。ただ縁側に日がよく当たる。そうして文鳥が鳴かない。

そのうち霜が降り出した。自分は毎日伽藍のような書斎に、寒い顔を片づけてみた

6 二十円　明治四〇年頃の大卒初任給は三〇円程度。 7 駒込　現在の東京都豊島区東部から文京区北部辺りの地域。 8 七子　「七子織」の略。絹織物の一種。織目が魚卵のようにつぶつぶになっているので「魚子」とも書く。
9 悉皆　全て。皆。 10 小春　陰暦「一〇月」の異称。

り、取り乱してみたり、頬杖を突いたりやめたりして暮らしていた。戸は二重に締め切った。[11]火鉢に炭ばかり継いでいる。文鳥はついに忘れた。

ところへ三重吉が門口から威勢よく入って来た。時は[12]宵の口であった。寒いから火鉢の上へ胸から上を翳して、浮かぬ顔をわざとほてらしていたのが、急に陽気になった。三重吉は[13]豊隆を従えている。豊隆はいい迷惑である。二人が籠を一つずつ持っている。その上に三重吉が大きな箱を兄き分に抱えている。五円札が文鳥と籠と箱になったのはこの初冬の晩であった。

三重吉は大得意である。まあ御覧なさいと言う。豊隆その洋灯をもっとこっちへ出せなどと言う。そのくせ寒いので鼻の頭が少し紫色になっている。

なるほど立派な籠ができた。台が漆で塗ってある。竹は細く削った上に、色が染けてある。それで三円だと言う。安いなあ豊隆と言っている。豊隆はうん安いと言っている。自分は安いか高いか判然と判らないが、まあ安いなあと言っている。よいのになると二十円もするそうですと言う。二十円はこれで二遍目である。二十円に比べて安いのは無論である。

この漆はね、先生、日向へ出して曝しておくうちに黒味が取れてだんだん朱の色が出て来ますから、――そうしてこの竹は一遍よく煮たんだから大丈夫ですよなどと、しきりに説明をしてくれる。何が大丈夫なのかねと聞き返すと、まあ鳥を御覧なさい、奇麗でしょうと言っている。

なるほど奇麗だ。次の間へ籠を据えて四尺[14]ばかりこっちから見ると少しも動かない。薄暗い中に真っ白に見える。籠の中にうずくまっていなければ鳥とは思えないほど白い。なんだか寒そうだ。

寒いだろうねと聞いてみると、そのために箱を作ったんだと言う。夜になればこの箱に入れてやるんだと言う。籠が二つあるのはどうするんだと聞くと、この粗末な方へ入れて時々行水を使わせるのだと言う。これは少し手数が掛かるなと思っていると、それから糞(ふん)をして籠を汚しますから、時々掃除をしておやりなさいとつけ加えた。三重吉は文鳥のためにはなかなか強硬である。

それをはいはい引き受けると、今度は三重吉が袂(たもと)[15]から粟(あわ)を一袋出した。これを毎朝

火鉢

11 **火鉢** 中に炭火を入れて暖房や湯沸かしに用いる道具。　12 **宵の口** 日が暮れて、夜になり始めたころのこと。　13 **豊隆** 小宮豊隆(とよたか)。評論家。漱石の門下生。このとき、東京帝国大学独文科三年。　14 **尺** 一尺は約三〇・三センチメートル。　15 **袂** 和服の袖の下の袋状になった部分。

食わせなくっちゃいけません。もし餌をかえてやらなければ、餌壺を出して殻だけ吹いておやんなさい。そうしないと文鳥が実のある粟をいちいち拾い出さなくっちゃなりませんから。水も毎朝かえておやんなさい。先生は寝坊だからちょうどよいでしょうと大変文鳥に親切を極めている。そこで自分もよろしいと万事請け合った。ところへ豊隆が袂から餌壺と水入れを出して行儀よく自分の前に並べた。こういっさい万事を調えておいて、実行をせまられると、義理にも文鳥の世話をしなければならなくなる。内心ではよほどおぼつかなかったが、まずやってみようとまでは決心した。もしできなければ家のものが、どうかするだろうと思った。

やがて三重吉は鳥籠を丁寧に箱の中へ入れて、縁側へ持ち出して、ここへ置きますからと言って帰った。自分は伽藍のような書斎の真ん中に床を展べて冷やかに寝た。夢に文鳥を背負い込んだ心持ちは、少し寒かったが眠ってみれば不断の夜のごとく穏やかである。

翌朝眼が覚めると硝子戸に日が射している。たちまち文鳥に餌をやらなければならないなと思った。けれども起きるのが大儀であった。今にやろう、今にやろうと考えているうちに、とうとう八時過ぎになった。仕方がないから顔を洗うついでをもって、冷たい縁を素足で踏みながら、箱の蓋を取って鳥籠を明るみへ出した。文鳥は眼をぱちつかせている。もっと早く起きたかったろうと思ったら気の毒になった。

文鳥の眼は真っ黒である。瞼の周囲に細い淡紅色の絹糸を縫いつけたような筋が入っている。眼をぱちつかせるたびに絹糸が急に寄って一本になる。と思うとまた丸くなる。籠を箱から出すや否や、文鳥は白い首をちょっと傾けながらこの黒い眼を移して初めて自分の顔を見た。そうしてちちと鳴いた。

自分は静かに鳥籠を箱の上に据えた。文鳥はぱっと留まり木を離れた。そうしてまた留まり木に乗った。留まり木は二本ある。黒味がかった青軸[16]をほどよき距離に橋と渡して横に並べた。その一本を軽く踏まえた足を見るといかにも華奢にできている。細長い薄紅の端に真珠を削ったような爪が着いて、手頃な留まり木をうまく抱え込んでいる。すると、ひらりと眼先が動いた。文鳥はすでに留まり木の上で向きを換えていた。しきりに首を左右に傾ける。傾けかけた首をふと持ち直して、心持ち前へ伸したかと思ったら、白い羽根がまたちらりと動いた。文鳥の足は向こうの留まり木の真

16　青軸　梅の栽培品種。樹皮が青味がかっている。

ん中あたりに具合よく落ちた。ちちと鳴く。そうして遠くから自分の顔を覗き込んだ。

自分は顔を洗いに風呂場へ行った。帰りに台所へ回って、戸棚を開けて、昨夕三重吉の買って来てくれた粟の袋を出して、餌壺の中へ餌を入れて、もう一つには水を一杯入れて、また書斎の縁側へ出た。

三重吉は用意周到な男で、昨夕丁寧に餌をやるときの心得を説明して行った。その説によると、むやみに籠の戸を開けると文鳥が逃げ出してしまう。だから右の手で籠の戸を開けながら、左の手をその下へあてがって、外から出口を塞ぐようにしなくっては危険だ。餌壺を出すときも同じ心得でやらなければならない。とその手つきまでしてみせたが、こう両方の手を使って、餌壺をどうして籠の中へ入れることができるのか、つい聞いておかなかった。

自分はやむをえず餌壺を持ったまま手の甲で籠の戸をそろりと上へ押し上げた。同時に左の手で開いた口をすぐ塞いだ。鳥はちょっと振り返った。そうして、ちちと鳴いた。自分は出口を塞いだ左の手の処置に窮した。人の隙を窺って逃げるような鳥とも見えないので、何となく気の毒になった。三重吉は悪いことを教えた。

大きな手をそろそろ籠の中へ入れた。すると文鳥は急に羽搏を始めた。細く削った竹の目から暖かいむく毛が、白く飛ぶほどに翼を鳴らした。自分は急に自分の大きな手が嫌になった。粟の壺と水の壺を留まり木の間にようやく置くや否や、手を引き込ました。籠の戸ははたりと自然に落ちた。文鳥は留まり木の上に戻った。白い首を半ば横に向けて、籠の外にいる自分を見上げた。それから曲げた首を真っ直ぐにして足の下にある粟と水を眺めた。自分は食事をしに茶の間へ行った。

その頃は日課として小説を書いている時分であった。飯と飯の間はたいてい机に向かって筆を握っていた。静かなときは自分で紙の上を走るペンの音を聞くことができた。伽藍のような書斎へは誰も入って来ない習慣であった。筆の音に淋しさという意味を感じた朝も昼も晩もあった。しかし時々はこの筆の音がぴたりとやむ、またやめねばならぬ、折もだいぶあった。そのときは指の股に筆を挟んだまま手の平へ顎を載せて硝子越しに吹き荒れた庭を眺めるのが癖であった。それが済むと載せた顎を一応つまんでみる。それでも筆と紙がいっしょにならないときは、つまんだ顎を二本の指で伸してみる。すると縁側で文鳥がたちまち千代千代と二声鳴いた。

筆を擱いて、そっと出てみると、文鳥は自分の方を向いたまま、留まり木の上から、のめりそうに白い胸を突き出して、高く千代といった。三重吉が聞いたらさぞ喜ぶだろうと思うほどな美い声で千代といった。三重吉は今に馴れると千代と鳴きますよ、きっと鳴きますよ、と請け合って帰って行った。

自分はまた籠の傍へしゃがんだ。文鳥は膨らんだ首を二、三度竪横に向け直した。やがて一塊の白い体がぽいと留まり木の上を抜け出した。と思うと奇麗な足の爪が半分ほど餌壺の縁から後ろへ出た。小指を掛けてもすぐひっくり返りそうな餌壺は釣鐘のように静かである。さすがに文鳥は軽いものだ。なんだか淡雪の精のような気がした。

文鳥はつと嘴を餌壺の真ん中に落とした。そうして、二、三度左右に振った。奇麗に平して入れてあった粟がはらはらと籠の底に零れた。文鳥は嘴を上げた。咽喉の所で微かな音がする。また嘴を粟の真ん中に落とす。また微かな音がする。その音が面白い。静かに聴いていると、丸くて細やかで、しかも非常に速やかである。菫ほどな小さい人が、黄金の槌[17]で瑪瑙の碁石でもつづけ様に敲いているような気がする。

嘴の色を見ると紫を薄く混ぜた紅のようである。その紅がしだいに流れて、粟をつつく口尖の辺りは白い。象牙を半透明にした白さである。この嘴が粟の中へ入るときは非常に早い。左右に振り蒔く粟の珠も非常に軽そうだ。文鳥は身を逆さまにしないばかりに尖(とが)った嘴を黄色い粒の中に刺し込んでは、膨らんだ首を惜し気もなく右左へ振る。籠の底に飛び散る粟の数は幾粒だか分からない。それでも餌壺だけは寂然として静かである。重いものである。餌壺の直径は一寸五分ほどだと思う。

自分はそっと書斎へ帰って淋しくペンを紙の上に走らしていた。縁側では文鳥がちちと鳴く。折々は千代千代とも鳴く。外では木枯(こがらし)が吹いていた。

夕方には文鳥が水を飲むところを見た。細い足を壺の縁へ懸けて、小(ちい)さい嘴に受けた一雫(ひとしずく)を大事そうに、仰向(あおむ)いて呑(の)み下している。この分では一杯の水が十日ぐらい続くだろうと思ってまた書斎へ帰った。晩には箱へしまってやった。寝るとき硝子戸から外を覗いたら、月が出て、霜が降っていた。文鳥は箱の中でことりともしなかった。

明くる日もまた気の毒なことに遅く起きて、箱から籠を出してやったのは、やっぱり八時過ぎであった。箱の中ではとうから目が覚めていたんだろう。それでも文鳥はいっこう不平らしい顔もしなかった。籠が明るい所へ出るや否や、いきなり眼をしばたたいて、心持ち首をすくめて、自分の顔を見た。

17　瑪瑙　宝石の一種。光沢や美しい模様があり細工物に用いられる。

昔美しい女を知っていた。この女が机に凭れて何か考えているところを、後ろから、そっと行って、紫の帯上げ[18]の房になった先を、長く垂らして、頸筋の細いあたりを、上から撫で回したら、女はものう気に後ろを向いた。そのとき女の眉は心持ち八の字に寄っていた。それで眼尻と口元には笑いが萌していた。同時にかっこうのよい頸を肩まですくめていた。文鳥が自分を見たとき、自分はふとこの女のことを思い出した。この女は今嫁に行った。自分が紫の帯上げでいたずらをしたのは縁談のきまった二、三日後である。

餌壺にはまだ粟が八分通り入っている。しかし殻もだいぶ混っていた。水入れには粟の殻が一面に浮いて、いたく濁っていた。かえてやらなければならない。また大きな手を籠の中へ入れた。非常に用心して入れたにもかかわらず、文鳥は白い翼を乱して騒いだ。小い羽根が一本抜けても、自分は文鳥にすまないと思った。殻は奇麗に吹いた。吹かれた殻は木枯がどこかへ持って行った。水もかえてやった。水道の水だから大変冷たい。

その日は一日淋しいペンの音を聞いて暮らした。その間には折々千代千代という声も聞こえた。文鳥も淋しいから鳴くのではなかろうかと考えた。しかし縁側へ出てみると、二本の留まり木の間を、あちらへ飛んだり、こちらへ飛んだり、絶え間なく行きつ戻りつしている。少しも不平らしい様子はなかった。

夜は箱へ入れた。明くる朝目が覚めると、外は白い霜だ。文鳥も眼が覚めているだろうが、なかなか起きる気にならない。枕元にある新聞を手に取るさえ難儀だ。それでも煙草（たばこ）は一本ふかした。この一本をふかしてしまったら、起きて籠から出してやろうと思いながら、口から出る煙（けぶり）の行方を見つめていた。するとこの煙の中に、首をすくめた、眼を細くした、しかも心持ち眉を寄せた昔の女の顔がちょっと見えた。自分は床の上に起き直った。寝巻の上へ羽織を引っ掛けて、すぐ縁側へ出た。そうして箱の蓋をはずして、文鳥を出した。文鳥は箱から出ながら千代千代と二声鳴いた。

三重吉の説によると、馴れるにしたがって、文鳥が人の顔を見て鳴くようになるんだそうだ。現に三重吉の飼っていた文鳥は、三重吉が傍にいさえすれば、しきりに千代千代と鳴きつづけたそうだ。のみならず三重吉の指の先から餌を食べるという。自分もいつか指の先で餌をやってみたいと思った。

18 帯上げ　女性の帯の結び目が下がらないよう、帯の中に通して形を整える布。帯揚げ。

次の朝はまた怠けた。昔の女の顔もつい思い出さなかった。顔を洗って、食事を済まして、初めて、気がついたように縁側へ出てみると、いつの間にか籠が箱の上に乗っている。文鳥はもう留まり木の上を面白そうにあちら、こちらと飛び移っている。そうして時々は首を伸して籠の外を下の方から覗いている。その様子がなかなか無邪気である。昔紫の帯上げでいたずらをした女は襟の長い、背のすらりとした、ちょっと首を曲げて人を見る癖があった。

粟はまだある。水もまだある。文鳥は満足している。自分は粟も水もかえずに書斎へ引っ込んだ。

昼過ぎまた縁側へ出た。食後の運動かたがた、五、六間の回り縁を、あるきながら書見するつもりであった。ところが出てみると粟がもう七分がた尽きている。水も全く濁ってしまった。書物を縁側へ抛(ほう)り出しておいて、急いで餌と水をかえてやった。

次の日もまた遅く起きた。しかも顔を洗って飯を食うまでは縁側を覗かなかった。書斎に帰ってから、あるいは昨日のように、家人(うちのもの)が籠を出しておきはせぬかと、ちょっと縁へ顔だけ出してみたら、はたして出してあった。その上餌も水も新しくなっていた。自分はやっと安心して首を書斎に入れた。途端に文鳥は千代千代と鳴いた。それで引っ込めた首をまた出してみた。けれども文鳥は再び鳴かなかった。けげんな顔をして硝子越しに庭の霜を眺めていた。自分はとうとう机の前に帰った。

書斎の中では相変わらずペンの音がさらさらする。書きかけた小説はだいぶんはかどった。指の先が冷たい。今朝埋(い)けた佐倉炭(さくらずみ)[20]は白くなって、薩摩五徳(さつまごとく)[21]に懸けた鉄瓶がほとんど冷めている。炭取りは空だ。手をたたいたがちょっと台所まで聴(き)こえない。立って戸を明けると、文鳥は例に似ず留まり木の上にじっと留まっている。よく見ると足が一本しかない。自分は炭取りを縁に置いて、上からこごんで籠の中を覗き込んだ。いくら見ても足は一本しかない。文鳥はこの華奢な一本の細い足に総身を託して黙然として、籠の中に片づいている。

自分は不思議に思った。文鳥について万事を説明した三重吉もこのことだけは抜いたとみえる。自分が炭取りに炭を入れて帰ったとき、文鳥の足はまだ一本であった。しばらく寒い縁側に立って眺めていたが、文鳥は動く気色もない。音を立てないで見

19 回り縁　建物や部屋の周囲の二辺以上にめぐらした縁側。20 佐倉炭　千葉県佐倉市地方で作られるクヌギを材料とした上等の炭。21 薩摩五徳　「五徳」はいろりや火鉢などの中に置いて、鉄瓶などをかける道具。「薩摩五徳」は五徳の一種で、茶人薩摩屋宗二により創案された。

つめていると、文鳥は丸い眼をしだいに細くし出した。おおかた眠たいのだろうと思って、そっと書斎へ入ろうとして、一歩足を動かすや否や、文鳥はまた眼を開いた。同時に真っ白な胸の中から細い足を一本出した。自分は戸を閉てて火鉢へ炭をついだ。

小説はしだいに忙しくなる。朝は依然として寝坊をする。一度家のものが文鳥の世話をしてくれてから、なんだか自分の責任が軽くなったような心持ちがする。家のものが忘れるときは、自分が餌をやる水をやる。籠の出し入れをする。しないときは、家のものを呼んでさせることもある。自分はただ文鳥の声を聞くだけが役目のようになった。

それでも縁側へ出るときは、必ず籠の前へ立ち止まって文鳥の様子を見た。たいていは狭い籠を苦にもしないで、二本の留まり木を満足そうに往復していた。天気のよいときは薄い日を硝子越しに浴びて、しきりに鳴き立てていた。しかし三重吉の言ったように、自分の顔を見てことさらに鳴く気色はさらになかった。

自分の指からじかに餌を食うなどということは無論なかった。折々機嫌のいいときは麵麭の粉などを人指し指の先へつけて竹の間からちょっと出してみることがあるが文鳥はけっして近づかない。少し無遠慮に突き込んでみると、文鳥は指の太いのに驚いて白い翼を乱して籠の中を騒ぎ回るのみであった。二、三度試みた後、自分は気の毒になって、この芸だけは永久に断念してしまった。今の世にこんなことのできるものがいるかどうだかはなはだ疑わしい。おそらく古代の聖徒(せいんと)[22]の仕事だろう。三重吉は嘘(うそ)を吐(つ)いたに違いない。

ある日のこと、書斎で例のごとくペンの音を立てて侘(わ)びしいことを書き連ねていると、ふと妙な音が耳に入った。縁側でさらさら、さらさらいう。女が長い衣(きぬ)の裾を捌(さば)いているようにも受け取られるが、ただの女のそれとしては、あまりに仰山である。雛段(ひなだん)をあるく、内裏(だいり)雛の袴(はかま)の襞(ひだ)の擦れる音とでも形容したらよかろうと思った。自分は書きかけた小説をよそにして、ペンを持ったまま縁側へ出てみた。すると文鳥が行水を使っていた。

水はちょうどかえたてであった。文鳥は軽い足を水入れの真ん中に胸毛まで浸して、時々は白い翼を左右にひろげながら、心持ち水入れの中にしゃがむように腹を圧(お)しつけつつ、総身の毛を一度に振っている。そうして水入れの縁にひょいと飛び上がる。

22 聖徒　主にキリスト教の聖人のこと。[英語] saint

しばらくしてまた飛び込む。水入れの直径は一寸五分ぐらいに過ぎない。飛び込んだときは尾も余り、頭も余り、背は無論余る。水に浸かるのは足と胸だけである。それでも文鳥は欣然[23]として行水を使っている。

自分は急にかえ籠を取って来た。そうして文鳥をこの方へ移した。それから如露[24]を持って風呂場へ行って、水道の水を汲んで、籠の上からさあさあとかけてやった。如露の水が尽きる頃には白い羽根から落ちる水が珠になって転がった。文鳥は絶えず眼をぱちぱちさせていた。

昔紫の帯上げでいたずらをした女が、座敷で仕事をしていたとき、裏二階から懐中鏡で女の顔へ春の光線を反射させて楽しんだことがある。女は薄紅くなった頬を上げて、繊い手を額の前にかざしながら、不思議そうにまばたきをした。この女とこの文鳥とはおそらく同じ心持ちだろう。

日数が経つにしたがって文鳥はよく囀る。しかしよく忘れられる。あるときは餌壺が粟の殻だけになっていたことがある。あるときは籠の底が糞でいっぱいになっていたことがある。ある晩宴会があって遅く帰ったら、冬の月が硝子越しに差し込んで、広い縁側がほの明るく見えるなかに、鳥籠がしんとして、箱の上に乗っていた。その隅に文鳥の体が薄白く浮いたまま留まり木の上に、有るか無きかに思われた。自分は外套[25]の羽根を返して、すぐ鳥籠を箱のなかへ入れてやった。

明くる日文鳥は例のごとく元気よく囀っていた。それからは時々寒い夜も箱にしまってやるのを忘れることがあった。ある晩いつもの通り書斎で専念にペンの音を聞いていると、突然縁側の方でがたりと物の覆った音がした。しかし自分は立たなかった。依然として急ぐ小説を書いていた。わざわざ立って行って、なんでもないといまいましいから、気にかからないではなかったが、やはりちょっと聞き耳を立てたまま知らぬ顔ですましていた。その晩寝たのは十二時過ぎであった。便所に行ったついで、気がかりだから、念のため一応縁側へ回ってみると——。

籠は箱の上から落ちている。そうして横に倒れている。水入れも餌壺もひっくり返っている。粟は一面に縁側に散らばっている。留まり木は抜け出している。文鳥はしのびやかに鳥籠の桟にかじりついていた。自分は明日から誓ってこの縁側に猫を入れ

23　欣然　こおどりして喜ぶさま。　24　如露　草花や植木などに水を撒くために用いる道具。如雨露。　25　外套の羽根　外套の袖のこと。

まいと決心した。

明くる日文鳥は鳴かなかった。粟を山盛り入れてやった。水を漲るほど入れてやった。文鳥は一本足のまま長らく留まり木の上を動かなかった。午飯を食ってから、三重吉に手紙を書こうと思って、二、三行書き出すと、文鳥がちちと鳴いた。自分は手紙の筆を留めた。文鳥がまたちちと鳴いた。出てみたら粟も水もだいぶん減っている。手紙はそれぎりにして裂いて捨てた。

翌日文鳥がまた鳴かなくなった。留まり木を下りて籠の底へ腹を圧しつけていた。胸の所が少し膨らんで、小さい毛が漣のように乱れてみえた。自分はこの朝、三重吉から例の件で某所まで来てくれという手紙を受け取った。十時までにという依頼であるから、文鳥をそのままにしておいて出た。三重吉に逢ってみると例の件がいろいろ長くなって、いっしょに午飯を食う。いっしょに晩飯を食う。その上明日の会合まで約束して宅へ帰った。帰ったのは夜の九時頃である。文鳥のことはすっかり忘れていた。疲れたから、すぐ床へ入って寝てしまった。

明くる日眼が覚めるや否や、すぐ例の件を思いだした。いくら当人が承知だって、そんな所へ嫁にやるのは行く末よくあるまい、まだ子供だからどこへでも行けといわれる所へ行く気になるんだろう。いったん行けばむやみに出られるものじゃない。世の中には満足しながら不幸に陥って行く者がたくさんある。などと考えて楊枝を使って、朝飯を済ましてまた例の件を片づけに出掛けて行った。

帰ったのは午後三時頃である。玄関へ外套を懸けて廊下伝いに書斎へ入るつもりで例の縁側へ出てみると、鳥籠が箱の上に出してあった。けれども文鳥は籠の底にそっくり返っていた。二本の足を硬く揃えて、胴と直線に伸ばしていた。自分は籠の傍に立って、じっと文鳥を見守った。黒い眼を眠っている。瞼の色は薄蒼く変わった。

餌壺には粟の殻ばかり溜っている。啄むべきは一粒もない。水入れは底の光るほど涸れている。西へ回った日が硝子戸を洩れて斜めに籠に落ちかかる。台に塗った漆は、三重吉の言ったごとく、いつの間にか黒味が脱けて、朱の色が出て来た。

自分は冬の日に色づいた朱の台を眺めた。空になった餌壺を眺めた。空しく橋を渡している二本の留り木を眺めた。そうしてその下に横たわる硬い文鳥を眺めた。

自分はこごんで両手に鳥籠を抱えた。そうして、書斎へ持って入った。十畳の真ん中へ鳥籠を下ろして、その前へかしこまって、籠の戸を開いて、大きな手を入れて、文鳥を握ってみた。柔らかい羽根は冷えきっている。

拳を籠から引き出して、握った手を開けると、文鳥は静かに掌の上にある。自分は手を開けたまま、しばらく死んだ鳥を見つめていた。それから、そっと座布団の上に下ろした。そうして、激しく手を鳴らした。

十六になる小女が、はいと言って敷居際に手をつかえる。自分はいきなり布団の上にある文鳥を握って、小女の前へ抛り出した。小女は俯向いて畳を眺めたまま黙っている。自分は、餌をやらないから、とうとう死んでしまったと言いながら、下女の顔をにらめつけた。下女はそれでも黙っている。

自分は机の方へ向き直った。そうして三重吉へ葉書をかいた。「家人が餌をやらないものだから、文鳥はとうとう死んでしまった。たのみもせぬものを籠へ入れて、しかも餌をやる義務さえ尽くさないのは残酷の至りだ。」という文句であった。

自分は、これを投函して来い、そうしてその鳥をそっちへ持って行けと下女に言った。下女は、どこへ持って参りますかと聞き返した。どこへでも勝手に持って行けと怒鳴りつけたら、驚いて台所の方へ持って行った。

しばらくすると裏庭で、子供が文鳥を埋めるんだ埋めるんだと騒いでいる。庭掃除に頼んだ植木屋が、お嬢さん、ここいらがよいでしょうと言っている。自分は進まぬながら、書斎でペンを動かしていた。

翌日はなんだか頭が重いので、十時頃になってようやく起きた。顔を洗いながら裏庭を見ると、昨日植木屋の声のしたあたりに、小さい公札[27]が、蒼い木賊の一株と並んで立っている。高さは木賊よりもずっと低い。庭下駄を履いて、日影の霜を踏み砕いて、近づいてみると、公札の表には、この土手登るべからずとあった。筆子[28]の手蹟である。

午後三重吉から返事が来た。文鳥はかわいそうなことを致しましたとあるばかりで家人が悪いとも残酷だともいっこう書いてなかった。

---

26 小女　下働きをする若い女性。27 公札　ふつう「高札」と書く。公告などを書いて町辻などに高くかかげた板の札のこと。ここでは立て札。28 筆子　漱石の長女。このとき八歳。

現代日本の開化

発表――一九一一（明治四四）年
高校国語教科書初出――一九五七（昭和三二）年

秀英出版『近代の詩歌　評論』
中等学校教科書『国語総合編高等学校　三』

——明治四十四年八月和歌山において述——

はなはだお暑いことで、こう暑くては多人数お寄り合いになって演説などお聞きになるのはさだめしお苦しいだろうと思います。ことに承れば昨日も何か演説会があったそうで、そう同じ催しが続いてはいくらあたらない保証のあるものでも多少は流行(はや)り過ぎの気味で、お聞きになるのもよほど御困難だろうとお察し申します。が演説をやる方の身になってみてもそう楽ではありません。ことにただいま牧君の紹介で漱石君の演説は迂余曲折(うよきょくせつ)[1]の妙があるとかなんとかいう広告めいた賛辞をちょうだいした後に出て同君の吹聴(ふいちょう)通りをやろうとするとあたかも迂余曲折の妙を極めるための芸当を御覧に入れるために登壇したようなもので、いやしくもその妙を極めなければ降りることができないような気がして、いやが上にやりにくい羽目に陥ってしまうわけであります。実はここへ出て参る前ちょっと先番の牧君に相談をかけたことがあるのです。

1　迂余曲折　道が曲がりくねっていること。転じて、話がこみいって、順調に運ばないこと。

これは内々ですが思い切って打ち明けてお話してしまいます。というほどの秘密でもありませんが、全くのところ今日の講演は長時間諸君に対してお話をする材料が不足のような気がしてならなかったから、牧さんにあなたの方は少しは伸ばせますかと聞いたのです。すると牧君は自分の方は伸ばせば幾らでも伸びると気丈夫な返事をしてくれたので、たちまち親船に乗ったような心持ちになって、それじゃア少し伸ばしていただきたいと頼んでおきました。その結果として冒頭だか序論だかに私の演説の短評を試みられたのはもともと私の注文から出たことではなはだありがたいには違いないけれども、その代わり嫌にやりにくくなってしまったこともまた争われない事実です。元来がそういう情けない依頼をあえてするくらいですから曲折どころではない、真っ直に行き当たってピタリと終いになるべき演説であります。なかなかもって抑揚頓挫波瀾曲折の妙を極めるだけの材料などは薬にしたくも持ち合わせておりません。とそう言ったところで何もただボンヤリ演壇に登ったわけでもないので、ここへ出て来るだけの用意は多少準備して参ったには違いないのです。もっとも私がこの和歌山へ参るようになったのは当初からの計画ではなかったのですが、私の方で近畿地方を所望したので社[2]の方では和歌山をその中へ割り振ってくれたのです。お陰で私もまだ見ない土地や名所などを探る便宜を得ましたのは好都合です。そのついでに演説をする――のではない演説のついでに玉津島[3]だの紀三井寺[4]などを見たわけでありますからこれらの故跡や名勝に対しても空手では参れません。お話をする題目はちゃんと東京表できめて参りました。

その題目は「現代日本の開化」というので、現代という字は下へ持って来ても上へ持って来ても同じことで、「現代日本の開化」でも「日本現代の開化」でも大して私の方では構いません。「現代」という字があって「日本」という字があって「開化」という字があって、その間へ「の」の字が入っていると思えばそれだけの話です。なんの雑作もなくただ現今の日本の開化という、こういう簡単なものです。その開化をどうするのだと聞かれれば、実は私の手際ではどうもしようがないので、私はただ開化の説明をして後はあなた方の御高見にお任せするつもりであります。では開化を説明して何になる？　とこうお聞きになるかもしれないが、私は現代の日本の開化とい

---

2 **社**　朝日新聞社。この講演は、大阪朝日新聞社主催であった。　3 **玉津島**　和歌山市和歌浦にある玉津島神社。神社のある「和歌浦」は古くからの名所。　4 **紀三井寺**　和歌山市紀三井寺にある、当時、真言宗の寺。

うことが諸君によくお分かりになっているまいと思う。お分かりになっていなかろうと思うというと失礼ですけれども、どうもこれが一般の日本人によく飲み込めていないように思う。私だってそれほど分かってもいないのです。けれどもまず諸君よりもそんな方面に余計頭を使う余裕のある境遇におりますから、こういう機会を利用して自分の思ったところだけをあなた方に聞いていただこうというのが主眼なのです。どうせあなた方も私も日本人で、現代に生まれたもので、過去の人間でも未来の人間でもなんでもない上に現に開化の影響を受けているのだから、現代と日本と開化という三つの言葉は、どうしても諸君と私とに切っても切れない離すべからざる密接な関係があるのは分かり切ったことですが、それにもかかわらず、お互いに現代の日本の開化について無頓着であったり、または余りハッキリした理解をもっていなかったならば、万事に勝手が悪いわけだから、まあ互いに研究もし、また分かるだけは分からせておく方が都合がよかろうと思うのであります。それについては少し学究めきますが、日本とか現代とかいう特別な形容詞に束縛されない一般の開化から出立してその性質を調べる必要があると考えます。お互いに開化という言葉を使っておって、日に何遍も繰り返しているけれども、はたして開化とはどんなものだと煎じつめて聞き糺されれてみると、今まで互いに了解し得たとばかり考えていた言葉の意味が存外食い違っていたりあるいはもってのほかに漠然と曖昧であったりするのはよくあることだから私はまず開化の定義からきめてかかりたいのです。

もっとも定義を下すについてはよほど気をつけないとんでもないことになる。これをむずかしく言いますと、定義を下せばその定義のために定義を下されたものがピタリと糊細工のように強張ってしまう。複雑な特性を簡単に纏める学者の手際と脳力とには敬服しながらも一方においてその迂闊を惜しまなければならないようなことが彼らの下した定義を見るとよくあります。その弊所をごく分かりやすく一口にお話すれば生きたものを故と四角四面の棺の中へ入れてことさらに融通が利かないようにするからである。もっとも幾何学などで中心から円周に至る距離がことごとく等しいものを円というような定義はあれで差し支えない、定義の便宜があって弊害のない結構なものですが、これは実世間に存在する円いものを説明するといわんよりむしろ理想的に頭の中にある円というものをかく約束上とりきめたまでであるから古往今来変わりっこないのでどこまでもこの定義一点張りで押して行かれるのです。その他四角だろうが三角だろうが幾何的に存在している限りはそれぞれの定義でいったん纏めたらけっして動かす必要もないかもしれないが、不幸にして現実世の中にある円とか四角とか三角とかいうもので過去現在未来を通じて動かないものははなはだ少ない。ことにそれ自身に活動力を具えて生存するものには変化消長がどこまでもつけまとっている。今日の四角は明日の三角にならないとも限らないし、明日の三角がまたいつ円く崩れ出さないとも言えない。要するに幾何学のように定義があってその定義から物を拵え出したのでなくって、物があってその物を説明するために定義を作るとなると勢いその物の変化を見越してその意味を含ましたものでなければいわゆる杓子定規とかでいっこう気の利かない定義になってしまいます。ちょうど汽車がゴーッと駆けて来る、その運動の一瞬間すなわち運動の性質の最も現われにくい刹那の光景を写真にとって、これが汽車だこれが汽車だといってあたかも汽車のすべてを一枚のうちに写し得たごとく吹聴すると一般である。なるほどどこから見ても汽車に違いありませい。けれども汽車に見逃してはならない運動というものがこの写真のうちには出ていないのだから実際の汽車とはとうてい比較のできないくらい懸絶していると言わなければなりますまい。御存じの琥珀というものがありましょう。琥珀の中に時々蝿が入ったのがある。透かして見ると蝿に違いありませんが、要するに動きのとれない蝿であります。蠅でないとは言えぬでしょうが活きた蠅とは言えますまい。学者の下す定義にはこの写真の汽車や琥珀の中の蠅に似て鮮やかに見えるが死んでいると評しなければならないものがある。それで注意を要するというのであります。つまり変化をするものを捉えて変化を許さぬかのごとくピタリと定義を下す。巡査というものは白い服を着てサーベルを下げているものだなどとてんからきめられた日には巡査もやりきれないでしょう。家へ帰って浴衣も着換えるわけにいかなくなる。この暑いのに剣ばかり下げていなければすまないのはかわいそうだ。騎兵とは馬に乗るものである。これも御もっともには違いないが、いくら騎兵だって年が年中馬に乗りつづけに乗っているわけにもいかないじゃありませんか。少しは下りたいでさア。こう例を挙げればば際限がないからいい加減に切り上げます。実は開化の定義を下すお約束をしてしゃべっていたところがいつの間にか開化はそっちのけになってむずかしい定義論に迷い込んではなはだ恐縮です。がこのくらい注意をした上でさて開化とは何者だと纏めて

5 杓子定規　全てを一つの規則、標準で律しようとする融通のきかないやり方、態度。6 琥珀　地質時代の植物樹脂などが地中に埋もれて化石化したもの。光沢があり、飾り石として珍重される。しばしば昆虫などが入ったものが見つかる。色は黄・褐色など。7 白い服を着てサーベルを下げている　戦前の巡査の夏の服装であった。

みたら幾分か学者の陥りやすい弊害を避け得られるしまたその便宜をも受けることができるだろうと思うのです。

でいよいよ開化に出戻りを致しますが、開化というものも、汽車とか蠅とか巡査とか騎兵とかいうようなもののごとくに動いている。それで開化の一瞬間をとってカメラにピタリと入れて、そうしてこれが開化だと提げて歩くわけには行きません。私は昨日和歌の浦を見物しましたが、あすこを見た人のうちで和歌の浦は大変波の荒い所だと言う人がある。かと思うと非常に静かな所だと言う人もある。どっちがよいのか分からない。だんだん聞いてみると、一方は波の非常に荒いときに行き、一方は非常に静かな時に行った違いから話がこう表裏してきたのである。もとより見た通りなんだから両方とも嘘ではない。がまた両方とも本当でもない。これに似寄りの定義は、あっても役に立たぬことはない。が、役に立つと同時に害をなすことも明らかなんだから、開化の定義というものも、なるべくはそういう不都合を含んでいないように致したいのが私の希望であります。が、そうするとボンヤリしてくる。恨むらくはボンヤリしてくる。けれどもボンヤリしてもほかのものと区別ができればそれでよいでしょう。さっき牧君の紹介があったように夏目君の講演はその文章のごとく時とすると門口から玄関へ行くまでにうんざりすることがあるそうで誠にお気の毒の話だが、なるほどやってみるとその通り、これでようやく玄関まで着きましたから思いきって本当の定義に移りましょう。

開化は人間活力の発現の経路である。と私はこう言いたい。私ばかりじゃない、あなた方だってそういうでしょう。もっともそう言ったところで別に書物に書いてあるわけでもなんでもない、私がそう言いたいまでのことであるがその代わり珍しくもなんともない。がこれすこぶる漠然としている。前口上を長々述べ立てた後でこのくらいの定義を御吹聴に及んだだけではあまり人を馬鹿にしているようですが、まあそこから定めてかからないと曖昧になるから、実はやむをえないのです。それで人間の活力というものが今申す通り時の流れを沿うて発現しつつ開化を形造って行くうちに私は根本的に性質の異なった二種類の活動を認めたい、否確かに認めるのであります。

その二通りのうち一つは積極的のもので、一つは消極的のものである。何か月並みのような講釈をしてすみませんが、人間活力の発現上積極的という言葉を用いますと、勢力の消耗を意味することになる。またもう一つの方はこれとは反対に勢力の消耗をできるだけ防ごうとする活動なり工夫なりだから前のに対して消極的と申したのであります。この二つの互いに食い違って反の合わないような活動が入り乱れたりコンガラカッたりして開化というものが出来上がるのであります。これでもまだ抽象的でよくお分かりにならないかもしれませんが、もう少し進めば私の意味は自ずから明瞭になるだろうと信じます。元来人間の命とか生とか称するものは解釈次第でいろいろな意味にもなりまたむずかしくもなりますが要するに前申したごとく活力の示現とか進行とか持続とか評するよりほかに致し方のないものである以上、この活力が外界の刺激に対してどう反応するかという点を細かに観察すればそれで吾人人類の生活状態もほぼ了解ができるようなわけで、その生活状態の多人数の集合して過去から今日に及んだものがいわゆる開化にほかならないのは今さら申し上げるまでもありますまい。さて我々の活力が外界の刺激に反応する方法は刺激の複雑である以上もとより多趣多様千差万別に違いないが、要するに刺激の来るたびに我が活力をなるべく制限節約してできるだけ使うまいとする工夫と、また自ずから進んで適意の刺激を求め能うだけの活力を這裏[8]に消耗して快を取る手段との二つに帰着してしまうよう私は考えているのであります。で前のを便宜のため活力節約の行動と名づけ後者をかりに活力消耗の趣向とでも名づけておきましょうが、この活力節約の行動はどんな場合に起こるかといえば現代の我々が普通用いる義務という言葉を冠して形容すべき性質の刺激に対して起こるのであります。従来の徳育法及び現今とても教育上では好んで義務を果たす敢為邁往[9]（かんいまいおう）の気象を奨励するようですがこれは道徳上の話で道徳上しかなくてはならぬもしくはしかする方が社会の幸福だというまでで、人間活力の示現を観察してその組織の経緯一つを司る（つかさど）大事実からいえばどうしても今私が申し上げたように解釈するよりほか仕方がないのであります。我々もお互いに義務は尽くさなければならんものと始終思い、また義務を尽くした後は大変心持ちがよいのであるが、深くその裏面に立ち入って内省してみると、願わくはこの義務の束縛をまぬかれて早く自由になりたい、人から強いられてやむをえずする仕事はできるだけ分量を圧搾して手軽に済ましたいという根性が常に胸のうちにつけまとっている。その根性が取りも直さず活力節約の工夫となって開化なるものの一大原動力を構成するのであります。

かく消極的に活力を節約しようとする奮闘に対して一方ではまた積極的に活力を任意随所に消耗しようという精神がまた開化の一半を組み立てている。その発現の方法

8　這裏　このうち。　9　敢為邁往　自らすすんで元気一杯につき進むこと。

もまた世が進めば進むほど複雑になるのは当然であるが、これをごく約(つづ)めてどんな方面に現われるかと説明すればまず普通の言葉で道楽という名のつく刺激に対し起こるものだとしてしまえば一番早分かりであります。道楽といえば誰も知っている。釣魚(つり)をするとか玉を突くとか、碁を打つとか、または鉄砲を担いで猟に行くとか、いろいろのものがありましょう。これらは説明するがものはないことごとく自ずから進んで強いられざるに自分の活力を消耗して嬉(うれ)しがる方であります。なお進んではこの精神が文学にもなり科学にもなりまたは哲学にもなるので、ちょっと見るとはなはだむずかしげなものも皆道楽の発現に過ぎないのであります。

　この二様の精神すなわち義務の刺激に対する反応としての消極的な活力節約とまた道楽の刺激に対する反応としての積極的な活力消耗とが互いに並び進んで、コンガラカッて変化して行って、この複雑極まりなき開化というものができるのだと私は考えています。その結果は現に我々が生息している社会の実況を目撃すればすぐ分かります。活力節約の方からいえばできるだけ労働を少なくしてなるべくわずかな時間に多くの働きをしようしようと工夫する。その工夫が積もり積もって汽車汽船はもちろん電信電話自動車大変なものになりますが、元を糺せば面倒を避けたい横着心の発達しい。この和歌山市から和歌の浦までちょっと使いに行って来いと言われたときに、出来得るなら誰しも御免蒙りたい。がどうしても行かなければならないとすればなるべく楽に行きたい、そうして早く帰りたい。できるだけ身体は使いたくない。そこで人力車もできなければならないわけになります。その上に贅沢をいえば自転車にするでしょう。なおわがままを言い募ればこれが電車にも変化し自動車または飛行機にも化けなければならなくなるのは自然の数であります。これに反して電車や電話の設備があるにしても是非今日は向こうまで歩いて行きたいという道楽心の増長する日も年に二度や三度は起こらないとも限りません。好んで身体を使って疲労を求める。我々が毎日やる散歩という贅沢も要するにこの活力消耗の部類に属する積極的な命の取り扱い方の一部分なのであります。がこの道楽気の増長したときに幸いに行って来いという命令が下ればちょうどよいが、まあたいていはそううまくは行かない。言いつかったときは多く歩きたくないときである。だから歩かないで用を足す工夫をしなければならない。となると勢い訪問が郵便になり、郵便が電報になり、その電報がまた電話になる理屈です。つまるところは人間生存上の必要上何か仕事をしなければならないのを、なろうことならしないで用を足してそうして満足に生きていたいというわがままな了簡、と申しましょうかまたはそうそう身を粉にしてまで働いて生きているんじゃ割に合わない、馬鹿にするない冗談じゃねえという発憤の結果が怪物のように辣腕な器械力と豹変したのだと見れば差し支えないでしょう。

　この怪物の力で距離が縮まる、時間が縮まる、手数が省ける、すべて義務的の労力が最少低額に切りつめられた上にまた切りつめられてどこまで押して行くか分からないうちに、彼の反対の活力消耗と名づけておいた道楽根性の方もまた自由わがままのできる限りを尽くして、これまた瞬時の絶え間なく天然自然と発達しつつとめどもなく前進するのである。この道楽根性の発展も道徳家に言わせるとけしからんとか言いましょう。がそれは徳義上の問題で事実上の問題にはなりません。事実の大局からいえば活力を我好むところに消費するというこの工夫精神は二六時中休みっこなく働いて、休みっこなく発展しています。元々社会があればこそ義務的の行動を余儀なくされる人間も放り出しておけばどこまでも自我本位に立脚するのは当然だから自分の好いた刺激に精神なり身体なりを消費しようとするのは致し方もない仕儀である。もっとも好いた刺激に反応して自由に活力を消耗するといったって何も悪いことをするとは限らない。道楽だって女を相手にするばかりが道楽じゃない。好きな真似をするとは開化の許す限りのあらゆる方面にわたっての話であります。自分が絵がかきたいと思えばできるだけ絵ばかりかこうとする。本が読みたければ差し支えない以上本ばかり読もうとする。あるいは学問が好きだといって、親の心も知らないで、書斎へ入って青くなっている息子がある。傍からみればなんのことか分からない。親父が無理算段の学資を工面して卒業の上は月給でも取らせて早く隠居でもしたいと思っているのに、子供の方では活計の方なんかまるで無頓着で、ただ天地の真理を発見したいなどと太平楽を並べて机にもたれて苦り切っているのもある。親は生計のための修業と考えているのに子供は道楽のための学問とのみ合点している。こういうようなわけで道楽の活力はいかなる道徳学者も杜絶するわけにいかない。現にその発現は世の中にどんな形になって、どんなに現れているかということは、この競争劇甚の世に道楽なんどとてんでその存在の権利を承認しないほど家業に励精な人でも少し注意されれば肯定しないわけにいかなくなるでしょう。私は昨晩和歌の浦へ泊まりましたが、和歌の浦へ行ってみると、さがり松[10]だの権現様[11]だの紀三井寺だのいろいろのものがあります

10　さがり松　和歌の浦の名所。　11　権現様　東照宮。和歌の浦を一望する雑賀山にある。

が、その中に東洋第一海抜二百尺と書いたエレヴェーター[12]が宿の裏から小高い石山の巓(いただき)へ絶えず見物を上げたり下げたりしているのを見ました。実は私も動物園の熊のようにあの鉄の格子の檻(おり)の中に入って山の上へ上げられた一人であります。があれは生活上別段必要のある場所にあるわけでもなければまたそれほど大切な器械でもない、まあ物数奇(ものずき)である。ただ上ったり下ったりするだけである。疑いもなく道楽心の発現で、好奇心兼広告欲も手伝っているかもしれないが、まあ活計向きとは関係の少ないものです。これは一例ですが開化が進むにつれてこういう贅沢なものの数が増えてくるのは誰でも認識しないわけにいかないでしょう。のみならずこの贅沢が日に増し細かくなる。大きなものの中に輪が幾つもできて漏斗(じょうご)みたようにだんだん深くなる。と同時に今まで気のつかなかった方面へだんだん発展して範囲が年々広くなる。

要するにただいま申し上げた二つの入り乱れたる経路、すなわちできるだけ労力を節約したいという願望から出て来る種々の発明とか器械力とかいう方面と、できるだけ気儘(きまま)に勢力を費やしたいという娯楽の方面、これが経となり緯となり千変万化錯綜(さくそう)して現今のように混乱した開化という不可思議な現象ができるのであります。

そこでそういうものを開化とすると、ここに一種妙なパラドックス[13]とでもいいましようか、ちょっと聞くとおかしいが、実は誰しも認めなければならない現象が起ります。元来なぜ人間が開化の流れに沿うて、以上二種の活力を発現しつつ今日に及んだかといえば生まれながらそういう傾向をもっていると答えるよりほかに仕方がない。これを逆に申せば吾人の今日あるは全くこの本来の傾向あるがためにほかならんのであります。なお進んでいうと元のままで懐手をしていては生存上どうしてもやり切れぬから、それからそれへと順々に押され押されてかく発展を遂げたと言わなければならないのです。してみれば古来何千年の労力と歳月を挙げてようやくのこと現代の位置まで進んで来たのであるからして、いやしくもこの二種類の活力が上代から今に至る長い時間に工夫し得た結果として昔よりも生活が楽になっていなければならないはずであります。けれども実際はどうか？　打ち明けて申せばお互いの生活ははなはだ苦しい。昔の人に対して一歩も譲らざる苦痛の下に生活しているのだという自覚がお互いにある。否開化が進めば進むほど競争がますます激しくなって生活はいよいよ困

12 エレヴェーター　和歌の浦の旅館望海楼が一九一〇（明治四三）年に観光客のために開設した鉄骨製のエレベーター。高さ三〇メートル。一九一六（大正五）年解体。13 パラドックス　逆説。［英語］paradox

難になるような気がする。なるほど以上二種の活力の猛烈な奮闘で開化はかち得たに相違ない。しかしこの開化は一般に生活の程度が高くなったという意味で、生存の苦痛が比較的柔らげられたというわけではありません。ちょうど小学校の生徒が学問の競争で苦しいのと、大学の学生が学問の競争で苦しいのと、その程度は違うが、比例に至っては同じことであるごとく、昔の人間と今の人間がどのくらい幸福の程度において違っているかといえば――あるいは不幸の程度において違っているかといえば――活力消耗活力節約の両工夫において大差はあるかもしれないが、生存競争から生ずる不安や努力に至ってはけっして昔より楽になっていない。否昔よりかえって苦しくなっているかもしれない。昔は死ぬか生きるかのために争ったものである。それだけの努力をあえてしなければ死んでしまう。やむをえないからやる。のみならず道楽の念はとにかく道楽の途（みち）はまだ開けていなかったから、こうしたい、ああしたいという方角も程度も至って微弱なもので、たまに足を伸したり手を休めたりして、満足していたくらいのものだろうと思われる。今日は死ぬか生きるかの問題は大分超越しているる。それが変化してむしろ生きるか生きるかという競争になってしまったのでありま す。生きるか生きるかというのはおかしゅうございますが、Aの状態で生きるかBの状態で生きるかの問題に腐心しなければならないという意味であります。活力節減の方で例を引いてお話をしますと、人力車を挽いて渡世にするか、または自動車のハンドルを握って暮らすかの競争になったのであります。どっちを家業にしたって命に別条はないにきまっているが、どっちへ行っても労力は同じだとはいわれません。人力車を挽く方が汗がよほど多分に出るでしょう。自動車の御者になってお客を乗せれば――もっとも自動車をもつくらいならお客を乗せる必要もないが――短い時間で長い所が走れる。糞力はちっとも出さないですむ。活力節約の結果楽に仕事ができる。されば自動車のない昔はいざ知らず、いやしくも発明される以上人力車は自動車に負けなければならない。負ければ追いつかなければならない。というわけで、少しでも労力を節減し得て優勢なるものが地平線上に現れてここに一つの波瀾を誘うと、ちょうど一種の低気圧と同じ現象が開化の中に起こって、各部の比例がとれ平均が回復されるまでは動揺してやめられないのが人間の本来であります。積極的活力の発現の方からみてもこの波動は同じことで、早い話が今までは敷島[14]か何か吹かして我慢しておっ

14　敷島　官製口付き巻きたばこの一種。当時二〇本入り一箱一〇銭。

たのに、隣の男がうまそうに埃及煙草[15]を喫んでいるとやっぱりそっちが喫みたくなる。また喫んでみればその方がうまいに違いない。しまいには敷島などを吹かすものは人間の数へ入らないような気がして、どうしても埃及へ喫み移らなければならぬという競争が起こってくる。通俗の言葉でいえば人間が贅沢になる。道学者は倫理的の立場から始終奢侈を戒めている。結構には違いないが自然の大勢に反した訓戒であるからいつでも駄目に終わるということは昔から今日まで人間がどのくらい贅沢になったか考えてみれば分かる話である。かく積極消極両方面の競争が激しくなるのが開化の趨勢だとすれば、我々は長い時日のうちに種々様々の工夫を凝らし智慧を絞ってようやく今日まで発展してきたようなものの、生活の吾人の内生に与える心理的苦痛から論ずれば今も五十年前もまたは百年前も、苦しさ加減の程度は別に変わりはないかもしれないと思うのです。それだからしてこのくらい労力を節減する器械が整った今日でも、また活力を自由に使い得る娯楽の途が備わった今日でも生存の苦痛は存外切なものであるいは非常という形容詞を冠らしてもしかるべき程度かもしれない。これほど労力を節減できる時代に生まれてもその忝なさが頭に応えなかったり、これほど娯楽の種類や範囲が拡大されても全くそのありがたみが分からなかったりする以上は苦痛の上に非常という字を付加してもよいかもしれません。これが開化の産んだ一大パラドックスだと私は考えるのであります。

これから日本の開化に移るのですが、はたして一般的の開化がそんなものであるならば、日本の開化も開化の一種だからそれでよかろうじゃないかでこの講演は済んでしまうわけであります。がそこに一種特別な事情があって、日本の開化はそういかない。なぜそうはいかないか。それを説明するのが今日の講演の主眼である。と申すと玄関を上がってようやく茶の間あたりへ来たくらいの気がして驚くでしょう。しかしそう長くはありません、奥行は存外短い講演です。やってる方だって長いのは疲れますからできるだけ労力節約の法則に従って早く切り上げるつもりですから、もう少し辛抱して聞いて下さい。

それで現代の日本の開化は前に述べた一般の開化とどこが違うかというのが問題です。もし一言にしてこの問題を決しようとするならば私はこう断じたい、西洋の開化（すなわち一般の開化）は内発的であって、日本の現代の開化は外発的である。ここ

15　埃及煙草　エジプト産の葉を主な原料とする英国製紙巻高級たばこ。

に内発的というのは内から自然に出て発展するという意味でちょうど花が開くようにおのずから蕾が破れて花弁が外に向かうのをいい、また外発的とは外からおっかぶさった他の力でやむをえず一種の形式を取るのを指したつもりなのです。もう一口説明しますと、西洋の開化は行雲流水のごとく自然に働いているが、御維新後外国と交渉をつけた以後の日本の開化は大分勝手が違います。もちろんどこの国だって隣りづき合いがある以上はその影響を受けるのがもちろんのことだから我が日本といえども昔からそう超然としてただ自分だけの活力で発展したわけではない。あるときは三韓[16]またあるときは支那[17]という風に大分外国の文化にかぶれた時代もあるでしょうが、長い月日を前後ぶっ通しに計算して大体の上から一瞥してみるとまあ比較的内発的の開化で進んで来たと言えましょう。少なくとも鎖港排外の空気で二百年も麻酔したあげく突然西洋文化の刺激に跳ね上がったぐらい強烈な影響は有史以来まだ受けていなかったというのが適当でしょう。日本の開化はあの時から急激に曲折し始めたのであります。また曲折しなければならないほどの衝動を受けたのであります。これを前の言葉で表現しますと、今まで内発的に展開して来たのが、急に自己本位の能力を失って外から無理押しに押されて否応なしにそのいう通りにしなければ立ち行かないという有り様になったのであります。それが一時ではない。四、五十年前に一押し押されたなりじっと持ち応えているなんて楽な刺激ではない。時々に押され刻々に押されて今日に至ったばかりでなく向後何年の間か、またはおそらく永久に今日のごとく押されていかなければ日本が日本として存在できないのだから外発的というよりほかに仕方がない。その理由は無論明白な話で、前詳しく申し上げた開化の定義に立ち戻って述べるならば、我々が四、五十年間初めてぶつかった、また今でも接触を避けるわけにいかないかの西洋の開化というものは我々よりも数十倍労力節約の機関を有する開化で、また我々よりも数十倍娯楽道楽の方面に積極的に活力を使用し得る方法を具備した開化である。粗末な説明ではあるが、つまり我々が内発的に展開して十の複雑の程度に開化を漕ぎつけた折も折、図らざる天の一方から急に二十、三十の複雑の程度に進んだ開化が現われて俄然として我らに打ってかかったのである。この圧迫によって吾人はやむをえず不自然な発展を余儀なくされるのであるから、今の日本の開化は地道にのそりのそりと歩くのでなくって、やッと気合いを懸けてはぴょいぴょいと飛んで行

16 三韓　三世紀ごろ、朝鮮半島の南部に成立した馬韓・辰韓・弁韓の三つをまとめていう。　17 支那　中国のこと。

くのである。開化のあらゆる階段を順々に踏んで通る余裕をもたないから、できるだけ大きな針でぼつぼつ縫って過ぎるのである。足の地面に触れる所は十尺を通過するうちにわずか一尺ぐらいなもので、他の九尺は通らないのと一般である。私の外発的という意味はこれでほぼ御了解になったろうと思います。[18]

そういう外発的の開化が心理的にどんな影響を吾人に与うるかというとちょっと変なものになります。心理学の講筵(こうえん)[19]でもないのにむずかしいことを申し上げるのもいかがと存じますが、必要の個所だけをごく簡易に述べて再び本題に戻るつもりでありますから、しばらく御辛抱を願います。我々の心は絶え間なく動いている。あなた方は今私の講演を聞いておいでになる、私は今あなた方を前に置いて何か言っている、双方共にこういう自覚がある。それにお互いの心は動いている。働いている。これを意識というのであります。この意識の一部分、時に積もれば一分間ぐらいのところを絶え間なく動いている大きな意識から切り取って調べてみるとやはり動いている。その動き方は別に私が発明したわけでもなんでもない、ただ西洋の学者が書物に書いた通り[20]をもっともと思うから紹介するだけでありますが、すべて一分間の意識にせよ三十秒間の意識にせよその内容が明瞭に心に映ずる点からいえば、のべつ同程度の強さを有して時間の経過に頓着なくあたかも一つ所にこびりついたように固定したものではない。必ず動く。動くにつれて明らかな点と暗い点ができる。その高低を線で示せば平たい直線では無理なので、やはり幾分か勾配のついた弧線すなわち弓形の曲線で示さなければならなくなる。こんなに説明するとかえって込み入ってむずかしくなるかもしれませんが、学者は分かったことを分かりにくく言うもので、素人は分からないことを分かったように飲み込んだ顔をするものだから非難は五分五分である。今言った弧線とか曲線とかいうことをそっと砕いてお話をすると、物をちょっと見るのにも、見てこれが何であるかということがハッキリ分かるにはある時間を要するので、すなわち意識が下の方から一定の時間を経て頂点へ上がって来てハッキリして、ああこれだなと思う時がくる。それをなお見つめていると今度は視覚が鈍くなって多少ぼんやりし始めるのだからいったん上の方へ向いた意識の方向がまた下を向いて暗くなりかける。これは実験してごらんになると分かる。実験といっても機械などは要らない。

18 尺　一尺は約三〇・三センチメートル。一〇尺は約三・〇三センチメートル。19 講筵　講義の席。20 西洋の学者　イギリスの心理学者 Lloyd Morgan 著の『比較心理学』をさす。

頭の中がそうなっているのだからただ試しさえすれば気がつくのです。本を読むにしてもAという言葉とBという言葉とそれからCという言葉が順々に並んでいればこの三つの言葉を順々に理解していくのが当たり前だからAが明らかに頭に映るときはBはまだ意識に上らない。Bが意識の舞台に上り始めるときにはもうAの方は薄ぼんやりしてだんだん識域[21]の方に近づいてくる。BからCへ移るときはこれと同じ所作を繰り返すに過ぎないのだから、いくら例を長くしても同じことであります。これは極めて短時間の意識を学者が解剖して我々に示したものでありますが、この解剖は個人の一分間の意識のみならず、一般社会の集合意識にも、それからまた一日一月もしくは一年ないし十年の間の意識にも応用の利く解剖で、その特色は多人数になったって、長時間にわたったって、いっこう変わりはないことと私は信じているのであります。たとえてみればあなた方という多人数の団体が今ここで私の講演を聞いておいでになる。聞いていない方もあるかもしれないが、まア聞いているとする。そうするとその個人でない集合体のあなた方の意識の上には今私の講演の内容が明らかに入る。と同時に、この講演に来る前あなた方が経験されたこと、すなわち途中で雨が降り出して着物が濡れたとか、また蒸し暑くて途中が難儀であったとかいう意識は講演の方が心を奪うにつれて、だんだん不明瞭不確実になってくる。またこの講演が終わって場外に出て涼しい風に吹かれでもすれば、ああよい心持ちだという意識に心を占領されてしまって講演の方はピッタリ忘れてしまう。私からいえば全くありがたくない話だが事実だからやむをえないのである。私の講演を行住坐臥共に覚えていらっしゃいと言っても、心理作用に反した注文なら誰も承知する者はありません。これと同じようにあなた方というやはり一個の団体の意識の内容を検してみるとたとえ一カ月にわたろうが一年にわたろうが一カ月には一カ月を括るべき炳乎[22]たる意識があり、また一年には一年を纏めるに足る意識があって、それからそれへと順次に消長しているものと私は断定するのであります。我々も過去を顧みてみると中学時代とか大学時代とか皆特別の名のつく時代でその時代時代の意識が纏まっております。日本人総体の集合意識は過去四、五年前には日露戦争[23]の意識だけになりきっておりました。その後日英同盟[24]の意識で占領された時代もあります。かく推論の結果心理学者の解剖を拡張して集合

21 識域　意識作用が起こり、また消失する境。無意識の状態から意識が生じ、また逆に意識が消えていく心理状態の基準。22 炳乎　光り輝き、明らかなさま。23 日露戦争　一九〇四—〇五年、日本・ロシア間の戦争。24 日英同盟　一九〇二（明治三五）年に締結された英国との同盟条約。

の意識やまた長時間の意識の上に応用して考えてみますと、人間活力の発展の経路たる開化というものの動くラインもまた波動を描いて弧線を幾個も幾個も繋ぎ合せて進んで行くといわなければなりません。無論描かれる波の数は無限無数で、その一波一波の長短も高低も千差万別でありましょうが、やはり甲の波が乙の波を呼び出し、乙の波がまた丙の波を誘い出して順次に推移しなければならない。一言にして言えば開化の推移はどうしても内発的でなければ嘘だと申し上げたいのであります。ちょっとした話が私は今ここで演説をしている。するとそれをお聞きになるあなたがたの方からいえば初めの十分間くらいは私が何を主眼にいうかよく分からない、二十分目ぐらいになってようやく筋道がついて、三十分目くらいにはようやく油がのって少しはちょっと面白くなり、四十分目にはまたぼんやりし出し、五十分目には退屈を催し、一時間目には欠伸が出る。とそう私の想像通りいくかいかないか分かりませんが、もしそうだとするならば、私が無理にここで二時間も三時間もしゃべっては、あなた方の心理作用に反して我を張ると同じことでけっして成功はできない。なぜかといえばこの講演がその場合あなた方の自然に逆らった外発的のものになるからであります。いくら咽喉を絞り声を嗄らして怒鳴ってみたってあなたがたはもう私の講演の要求の度を経過したのだからいけません。あなた方は講演よりも茶菓子が食いたくなったり酒が飲みたくなったり氷水が欲しくなったりする。その方が内発的なのだから自然の推移で無理のないところなのである。

これだけ説明しておいて現代日本の開化に後戻りをしたらたいてい大丈夫でしょう。日本の開化は自然の波動を描いて甲の波が乙の波を生み乙の波が丙の波を押し出すように内発的に進んでいるかというのが当面の問題なのですが残念ながらそういっていないので困るのです。いっていないというのは、先程も申した通り活力節約活力消耗の二大方面においてちょうど複雑の程度二十を有しておったところへ、俄然外部の圧迫で三十代まで飛びつかなければならなくなったのですから、あたかも天狗にさらわれた男のように無我夢中で飛びついていくのです。その経路はほとんど自覚していないくらいのものです。元々開化が甲の波から乙の波へ移るのはすでに甲は飽いていたたまれないから内部欲求の必要上ずるりと新しい一波を開展するので甲の波の好所も悪所も酸いも甘いも嘗め尽くした上にようやく一生面を開いたといってよろしい。したがって従来経験し尽くした甲の波には衣を脱いだ蛇と同様未練もなければ残り惜しい心持ちもしない。のみならず新たに移った乙の波に揉まれながら毫も借り着をして世間体を繕っているという感が起こらない。ところが日本の現代の開化を支配している波は西洋の潮流でその波を渡る日本人は西洋人でないのだから、新しい波が寄せるたびに自分がその中で食客をして気兼ねをしているような気持ちになる。新しい波はとにかく、今しがたようやくの思いで脱却した旧い波の特質やら真相やらも弁えるひまのないうちにもう棄てなければならなくなってしまった。食膳に向かって皿の数を味わい尽くすどころか元来どんな御馳走が出たかハッキリと眼に映じない前にもう膳を引いて新しいのを並べられたと同じことであります。こういう開化の影響を受ける国民はどこかに空虚の感がなければなりません。またどこかに不満と不安の念を懐かなければなりません。それをあたかもこの開化が内発的ででもあるかのごとき顔をして得意でいる人のあるのはよろしくない。それはよほどハ[25]イカラです、よろしくない。虚偽でもある。軽薄でもある。自分はまだ煙草を喫ってもろくに味さえ分からない子供の癖に、煙草を喫ってさもうまそうな風をしたら生意気でしょう。それをあえてしなければ立ち行かない日本人はずいぶん悲惨な国民といわなければならない。開化の名は下ろせないかもしれないが、西洋人と日本人の社交を見てもちょっと気がつくでしょう。西洋人と交際をする以上、日本本位ではどうしてもうまくいきません。交際しなくともよいといえばそれまでであるが、情けないかな交際しなければいられないのが日本の現状でありましょう。しかして強いものと交際すれば、どうしても己を棄てて先方の習慣に従わなければならなくなる。我々があの人はフォークの持ちようも知らないとか、ナイフの持ちようも心得ないとかなんとかいって、他を批評して得意なのは、つまりはなんでもない、ただ西洋人が我々より強いからである。我々の方が強ければあっちにこっちの真似をさせて主客の位地をかえるのは容易のことである。がそういかないからこっちで先方の真似をする。しかも自然天然に発展してきた風俗を急に変えるわけにいかぬから、ただ器械的に西洋の礼式などを覚えるよりほかに仕方がない。自然と内に醱酵して醸された礼式でないから取ってつけたようではなはだ見苦しい。これは開化じゃない、開化の一端ともいえないほどの些細なことであるが、そういう些細なことに至るまで、我々のやっていることは内発的でない、外発的である。これを一言にしていえば現代日本の開化は皮相上滑りの開化であるということに帰着するのである。無論一から十まで何から何までとは言わない。複雑な問題に対し

25 ハイカラ　西洋風を気取ったり、新しがったりすること。［英語］high collar

てそう過激の言葉は慎まなければ悪いが我々の開化の一部分、あるいは大部分はいくらうぬぼれてみても上滑りと評するより致し方がない。しかしそれが悪いからおよしなさいというのではない。事実やむをえない、涙を飲んで上滑りに滑っていかなければならないというのです。

それでは子供が背に負われて大人といっしょに歩くような真似をやめて、じみちに発展の順序を尽くして進むことはどうしてもできまいかという相談が出るかもしれない。そういう御相談が出れば私も無いこともないとお答えをする。が西洋で百年かかってようやく今日に発展した開化を日本人が十年に年期をつづめて、しかも空虚の譏を免かれるように、誰が見ても内発的であると認めるような推移をやろうとすればこれまた由々しき結果に陥るのであります。百年の経験を十年で上滑りもせずやりとげようとするならば年限が十分一に縮まるだけわが活力は十倍に増さなければならんのは算術の初歩を心得たものさえたやすく首肯するところである。これは学問を例にお話をするのが一番早分かりである。西洋の新しい説などを生噛りにして法螺を吹くのは論外として、本当に自分が研究を積んで甲の説から乙の説に移りまた乙から丙に進んで、毫も流行を追うの陋態[26]なく、またことさらに新奇を衒うの虚栄心なく、全く自然の順序階級を内発的に経て、しかも彼ら西洋人が百年もかかってようやく到着し得た分化の極端に、我々が維新後四、五十年の教育の力で達したと仮定する。体力脳力共に我らよりも旺盛な西洋人が百年の歳月を費やしたものを、いかに先駆の困難を勘定に入れないにしたところでわずかその半ばに足らぬ歳月で明々地[27]に通過しおわるとしたならば吾人はこの驚くべき知識の収穫を誇り得ると同時に、一敗また起つ能わざるの神経衰弱[28]に罹って、気息奄々[29]として今や路傍に呻吟しつつあるは必然の結果としてまさに起こるべき現象でありましょう。現に少し落ちついて考えてみると、大学の教授を十年間一生懸命にやったら、たいていの者は神経衰弱に罹りがちじゃないでしょうか。ピンピンしているのは、皆嘘の学者だと申しては語弊があるが、まあどちらかといえば神経衰弱に罹る方が当たり前のように思われます。学者を例に引いたのは単に分かりやすいためで、理屈は開化のどの方面へも応用ができるつもりです。

すでに開化というものがいかに進歩しても、案外その開化の賜物として我々の受く

26 陋態　見苦しいさま。醜い様子。　27 明々地　明らかなこと。明白なこと。　28 神経衰弱　第二次世界大戦以前、精神障害の俗称として用いられた語。現在の神経症や鬱病などの症状をさすか。　29 気息奄々　呼吸が絶え絶えなこと。

る安心の度は微弱なもので、競争その他からいらいらしなければならない心配を勘定に入れると、吾人の幸福は野蛮時代とそう変わりはなさそうであることは前お話しした通りである上に、今言った現代日本が置かれたる特殊の状況に因って我々の開化が機械的に変化を余儀なくされるためにただ上皮を滑って行き、また滑るまいと思って踏ん張るために神経衰弱になるとすれば、どうも日本人は気の毒と言わんか憐れと言わんか、誠に言語道断の窮状に陥ったものであります。私の結論はそれだけに過ぎない。ああなさいとか、こうしなければならぬとかいうのではない。どうすることもできない、実に困ったと嘆息するだけで極めて悲観的の結論であります。こんな結論にはかえって到着しない方が幸いであったのでしょう。真というものは、知らないうちは知りたいけれども、知ってからはかえってアア知らない方がよかったと思うことが時々あります。モーパサン[30]の小説に、ある男が内縁の妻に嫌気がさしたところから、置き手紙か何かして、妻を置き去りにしたまま友人の家へ行って隠れていたという話があります。すると女の方では大変怒ってとうとう男のありかを捜し当てて怒鳴り込みましたので男は手切れ金を出して手を切る談判を始めると、女はその金を床の上に叩きつけて、こんなものが欲しいので来たのではない、もし本当にあなたが私を捨てる気ならば私は死んでしまう、そこにある（三階か四階の）窓から飛び下りて死んでしまうと言った。男は平気な顔を装ってどうぞと言わぬばかりに女を窓の方へ誘う所作をした。すると女はいきなり駆けて行って窓から飛び下りた。死にはしなかったが生まれもつかぬ不具になってしまいました。男もこれほど女の赤心が眼の前へ証拠立てられる以上、普通の軽薄な売女同様の観をなして、女の貞節を今まで疑っていたのを後悔したものとみえて、再びもとの夫婦に立ち帰って、病妻の看護に身を委ねたというのがモーパサンの小説の筋ですが、男の疑いもいい加減な程度で留めておけばこれほどの大事には至らなかったかもしれないが、そうすれば彼の懐疑は一生徹底的に解ける日は来なかったでしょう。またここまで押してみれば女の真心が明らかになるにはなるが、取り返しのつかない残酷な結果に陥った後から回顧してみれば、やはり真実懸け値のない実相は分からなくてもいいから、女を片輪にさせずにおきたかったであリましょう。日本の現代開化の真相もこの話と同様で、分からないうちこそ研究

30　モーパサン　モーパッサン Guy de Maupassant　一八五〇―九三年。フランスの小説家。自然主義を代表する作家の一人。ここで触れられている作品は「モデル」Le Modèle（一八八三年）のこと。

もしてみたいが、こう露骨にその性質が分かってみるとかえって分からない昔の方が幸福であるという気にもなります。とにかく私の解剖したことが本当のところだとすれば我々は日本の将来というものについてどうしても悲観したくなるのであります。外国人に対しておれの国には富士山があるというような馬鹿は今日はあまり言わないようだが、戦争以後[31]一等国になったんだという高慢な声は随所に聞くようである。なかなか気楽な見方をすればできるものだと思います。ではどうしてこの急場を切り抜けるかと質問されても、前申(ぜん)した通り私には名案も何もない。ただできるだけ神経衰弱に罹らない程度において、内発的に変化していくがよかろうというような体裁のよいことを言うよりほかに仕方がない。苦い真実を臆面なく諸君の前にさらけ出して、幸福な諸君にたとい一時間たりとも不快の念を与えたのは重々お詫びを申し上げますが、また私の述べ来(きた)ったところもまた相当の論拠と応分の思索の結果から出た生真面目の意見であるという点にも御同情になって悪いところは大目に見ていただきたいのであります。

[31] 戦争以後　日露戦争以後。

硝子戸の中

発表——一九一五（大正四）年
高校国語教科書初出——一九五三（昭和二八）年
教育図書研究会『新高等国語総合二年　全』

一

硝子戸(ガラスど)の中(うち)から外を見渡すと、霜除(よ)けをした芭蕉(ばしょう)[1]だの、赤い実のなった梅もどき[2]の枝だの、無遠慮に直立した電信柱だのがすぐ眼(め)に付くが、その他にこれといって数え立てるほどのものはほとんど視線に入ってこない。書斎にいる私の眼界は極めて単調でそうしてまた極めて狭いのである。

その上私は去年の暮れから風邪を引いてほとんど表へ出ずに、毎日この硝子戸の中にばかり座っているので、世間の様子はちっとも分からない。心持ちが悪いから読書もあまりしない。私はただ座ったり寝たりしてその日その日を送っているだけである。

しかし私の頭は時々動く。気分も多少は変わる。いくら狭い世界の中でも狭いなりに事件が起こってくる。それから小さい私と広い世の中とを隔離しているこの硝子戸の中へ、時々人が入ってくる。それがまた私にとっては思いがけない人で、私の思い

1 芭蕉　鑑賞用に植えられる多年草。　2 梅もどき　モチノキ科の落葉低木。秋から冬にかけて赤い実をつける。

がけないことを言ったりしたりする。私は興味に充ちた眼をもってそれらの人を迎えたり送ったりしたことさえある。

私はそんなものを少し書きつづけてみようかと思う。私はそうした種類の文字が、忙しい人の眼に、どれほどつまらなく映るだろうかと懸念している。私は電車の中でポッケットから新聞を出して、大きな活字だけに眼を注いでいる購読者の前に、私の書くような閑散な文字をならべて紙面をうずめて見せるのを恥ずかしいものの一つに考える。これらの人々は火事や、泥棒や、人殺しや、すべてその日その日の出来事のうちで、自分が重大と思う事件か、もしくは自分の神経を相当に刺激し得る辛辣な記事のほかには、新聞を手に取る必要を認めていないくらい、時間に余裕をもたないのだから。――彼らは停留所で電車を待ち合わせる間に、新聞を買って、電車に乗っている間に、昨日起こった社会の変化を知って、そうして役所か会社へ行き着くと同時に、ポッケットに収めた新聞紙のことはまるで忘れてしまわなければならないほど忙しいのだから。

私は今これほど切りつめられた時間しか自由にできない人たちの軽蔑を冒して書くのである。

　去年から欧州では大きな戦争[3]が始まっている。そうしてその戦争がいつ済むとも見当がつかない模様である。日本でもその戦争の一小部分を引き受けた。それが済むと今度は議会が解散[4]になった。来たるべき総選挙は政治界の人々にとっての大切な問題になっている。米が安くなりすぎた[5]結果農家に金が入らないので、どこでも不景気だとこぼしている。年中行事でいえば、春の相撲[6]が近くに始まろうとしている。要するに世の中は大変多事である。硝子戸の中にじっと座っている私なぞはちょっと新聞に顔が出せないような気がする。私が書けば政治家や軍人や実業家や相撲狂を押し退けて書くことになる。私だけではとてもそれほどの胆力が出て来ない。ただ春に何か書いてみろと言われたから、自分以外にあまり関係のないつまらぬことを書くのである。それがいつまでつづくかは、私の筆の都合と、紙面の編輯（へんしゅう）の都合とできまるのだから、

3 **大きな戦争**　一九一四（大正三）年七月二八日、オーストリアがセルビアに宣戦したことに端を発した第一次世界大戦をさす。日本も同年八月二三日、中国における利権拡大と確保を目的にドイツに宣戦布告し、山東半島・ドイツ領南洋諸島を占領した。 4 **議会が解散**　一九一四（大正三）年一二月二五日、陸軍師団増設案否決によって衆議院が解散、翌年三月に総選挙が行われた。 5 **米が安くなりすぎた**　当時は米価が騰貴したり暴落したりして不安定な不況・好況がつづいて米価調節に関する勅令が公布（一九一五〈大正四〉年一月）されたりした。
6 **春の相撲**　当時一月に興行された大相撲春場所。現在は初場所と呼ばれている。

はっきりした見当は今つきかねる。

二

電話口へ呼び出されたから受話器を耳へあてがって用事を訊いてみると、ある雑誌社の男が、私の写真を貰いたいのだが、いつ撮りに行ってよいか都合を知らしてくれろというのである。私は「写真は少し困ります。」と答えた。

私はこの雑誌とまるで関係をもっていなかった。それでも過去三、四年の間にその一、二冊を手にした記憶はあった。人の笑っている顔ばかりをたくさん載せるのがその特色だと思ったほかに、今はなんにも頭に残っていない。けれどもそこにわざとらしく笑っている顔の多くが私に与えた不快の印象はいまだに消えずにいた。それで私は断ろうとしたのである。

雑誌の男は、卯年の正月号だから卯年の人の顔を並べたいのだという希望を述べた。私は先方のいう通り卯年の生まれに相違なかった。それで私はこう言った。——

「あなたの雑誌へ出すために撮る写真は笑わなくってはいけないのでしょう。」

「いえそんなことはありません。」と相手はすぐ答えた。あたかも私が今までその雑誌の特色を誤解していたごとくに。

「当たり前の顔で構いませんなら載せていただいてもよろしゅうございます。」

「いえそれで結構でございますから、どうぞ。」

私は相手と期日の約束をした上、電話を切った。

中一日おいて打ち合せをした時間に、電話をかけた男が、奇麗な洋服を着て写真機を携えて私の書斎に入って来た。私はしばらくその人と彼の従事している雑誌について話をした。それから写真を二枚撮って貰った。一枚は机の前に座っている平生の姿、一枚は寒い庭前(にわさき)の霜の上に立っている普通の態度であった。書斎は光線がよく通らないので、機械を据えつけてからマグネシア[8]を燃した。その火の燃えるすぐ前に、彼は顔を半分ばかり私の方へ出して、「お約束ではございますが、少しどうか笑っていただけますまいか。」と言った。私はそのとき突然微(かす)かな滑稽を感じた。しかし同時に

7　卯年　干支の四番め。一九一五（大正四）年にあたる。漱石は一八六七（慶応三）年卯年生まれである。
8　マグネシア　夜間・室内撮影用のフラッシュ・パウダーに用いるマグネシウムの酸化物。［英語］magnesia

馬鹿なことを言う男だという気もした。私は「これでよいでしょう。」と言ったなり先方の注文には取り合わなかった。彼が私を庭の木立の前に立たして、レンズを私の方へ向けたときもまた前と同じような丁寧な調子で、「お約束ではございますが、少しどうか……。」と同じ言葉を繰り返した。私は前よりもなお笑う気になれなかった。

それから四日ばかり経つと、彼は郵便で私の写真を届けてくれた。しかしその写真はまさしく彼の注文通りに笑っていたのである。そのとき私はあてが外れた人のように、しばらく自分の顔を見つめていた。私にはそれがどうしても手を入れて笑っているように拵えたものとしか見えなかったからである。

私は念のため家へ来る四、五人のものにその写真を出して見せた。彼らはみんな私と同様に、どうも作って笑わせたものらしいという鑑定を下した。

私は生まれてから今日までに、人の前で笑いたくもないのに笑ってみせた経験が何度となくある。その偽りが今この写真師のために復讐を受けたのかもしれない。

彼は気味のよくない苦笑を洩らしている私の写真を送ってくれたけれども、その写真を載せるといった雑誌はついに届けなかった。

三

私がHさんからヘクトー[9]を貰ったときのことを考えると、もういつの間にか三、四年の昔になっている。何だか夢のような心持ちもする。

そのとき彼はまだ乳離れのしたばかりの子供であった。Hさんのお弟子は彼を風呂敷に包んで電車に載せて宅まで連れて来てくれた。私はその夜彼を裏の物置の隅に寝かした。寒くないように藁を敷いて、できるだけ居心地のよい寝床を拵えてやったあと、私は物置の戸を締めた。すると彼は宵の口から鳴き出した。夜中には物置の戸を爪で掻き破って外へ出ようとした。彼は暗い所にたった独り寝るのが淋しかったのだろう、翌る朝までまんじりともしない様子であった。

この不安は次の晩もつづいた。その次の晩もつづいた。私は一週間余りかかって、彼が与えられた藁の上にようやく安らかに眠るようになるまで、彼のことが夜になる

9 ヘクトー　Hektōr トロヤ戦争の勇将。ここは、その名をつけた犬。

と必ず気にかかった。

私の子供は彼を珍しがって、間[10](ま)がな隙がなおもちゃにした。けれども名がないのでついに彼を呼ぶことができなかった。ところが生きたものを相手にする彼らには、是非とも先方の名を呼んで遊ぶ必要があった。それで彼らは私に向かって犬に名を命(つ)けてくれとせがみ出した。私はとうとうヘクトーという偉い名を、この子供たちの朋友(ほうゆう)に与えた。

それはイリアッド[11]に出てくるトロイ[12]一の勇将の名前であった。トロイと希臘(ギリシヤ)と戦争をした時、ヘクトーはついにアキリス[13]のために討たれた。アキリスはヘクトーに殺された自分[14]の友達のかたきを取ったのである。アキリスが怒って希臘方から躍り出したときに、城の中に逃げ込まなかったものはヘクトー一人であった。ヘクトーは三たびトロイの城壁をめぐってアキリスの鋒先(ほこさき)を避けた。アキリスも三たびトロイの城壁をめぐってその後を追いかけた。そうしてしまいにとうとうヘクトーを槍(やり)で突き殺した。それから彼の死骸を自分の軍車[15](チャリオット)に縛りつけてまたトロイの城壁を三度引きずり回した。……

私はこの偉大な名を、風呂敷包みにして持って来た小さい犬に与えたのである。何にも知らないはずの宅の子供も、初めは変な名だなあと言っていた。しかしじきに慣れた。犬もヘクトーと呼ばれるたびに、嬉しそうに尾を振った。しまいにはさすがの名もジョンとかジョージとかいう平凡な耶蘇[16]教信者の名前と一様に、毫[17]も古典的な響きを私に与えなくなった。同時に彼はしだいに宅のものから元ほど珍重されないようになった。

ヘクトーは多くの犬がたいてい罹る[18]ジステンパーという病気のために一時入院したことがある。そのときは子供がよく見舞いに行った。私も見舞いに行った。私の行ったとき、彼はさも嬉しそうに尾を振って、懐かしい眼を私の上に向けた。私はしゃがんで私の顔を彼の傍へ持って行って、右の手で彼の頭を撫でてやった。彼はその返礼

---

10 **間がな隙がな** 暇さえあればいつでも。ひっきりなしに。 11 **イリアッド** Iliad（Ilias） 古代ギリシアの詩人ホメロスの作と伝える長編叙事詩。アキレスの怒りを主題に、ギリシアがトロヤを占領したトロヤ戦争を描いたもの。 12 **トロイ** Troy（Troia） 小アジアの西北隅に位置するギリシアの古戦場。そこにトロヤ城があった。 13 **アキリス** Achilles（Achilleus）『イリヤス』の主人公。ギリシア軍の勇士で、敵（トロヤ軍）の英雄ヘクトーを討つ。 14 **自分の友達** パトロクロス Patroklos のこと。 15 **軍車**（チャリオット） 戦車。古代、戦争・競走・行列などに用いた二輪馬車。［英語］chariot 16 **耶蘇教** キリスト教。 17 **毫も** 少しも。 18 **ジステンパー** 犬の病気の一種で、幼犬のかかりやすい急性伝染病。下痢・肺炎などの症状を呈する。［英語］distemper

に私の顔を所嫌わず舐めようとしてやまなかった。そのとき彼は私の見ている前で、初めて医者の勧める少量の牛乳を飲んだ。それまで首を傾げていた医者も、この分ならあるいは癒るかもしれないと言った。ヘクトーははたして癒った。そうして宅へ帰って来て、元気に飛び回った。

四

日ならずして、彼は二、三の友達を拵えた。その中で最も親しかったのはすぐ前の医者の宅にいる彼と同年輩ぐらいの悪戯者であった。これは基督教徒[19]にふさわしいジヨンという名前を持っていたが、その性質は異端者のヘクトーよりも遥かに劣っていたようである。むやみに人に嚙みつく癖があるので、しまいにはとうとう打ち殺されてしまった。

彼はこの悪友を自分の庭に引き入れて勝手な狼藉を働いて私を困らせた。彼らはしきりに樹の根を掘って用もないのに大きな穴を開けて喜んだ。奇麗な草花の上にわざと寝転んで、花も茎も容赦なく散らしたり、倒したりした。

ジョンが殺されてから、無聊（ぶりょう）な彼は夜遊び昼遊びを覚えるようになった。散歩などに出かけるとき、私はよく交番の傍に日向（ひなた）ぼっこをしている彼を見ることがあった。それでも宅にさえいれば、よくうさん臭いものに吠（ほ）えついてみせた。そのうちで最も猛烈に彼の攻撃を受けたのは、本所辺から来る十歳（とお）ばかりになる角兵衛獅子（かくべえじし）[20]の子であった。この子はいつでも「今日（こんち）はお祝い。」と言って入ってくる。そうして家の者から、麵麭（パン）の皮と一銭銅貨を貰わないうちは帰らないことに一人できめていた。だからヘクトーがいくら吠えても逃げ出さなかった。かえってヘクトーの方が、吠えながら尻尾を股の間に挟んで物置の方へ退却するのが例になっていた。要するにヘクトーは弱虫であった。そうして操行[21]からいうと、ほとんど野良犬と選ぶところのないほどに堕落していた。それでも彼らに共通な人懐っこい愛情はいつまでも失わずにいた。時々顔を見合わせると、彼は必ず尾を

19　基督教徒にふさわしいジョンという名前　たとえば新約聖書にはバプテスマのジョン（ヨハネ）や、キリストの弟子のジョン（ヨハネ）など、ジョンの名が散見する。「異端者のヘクトー」はギリシア名を持つので、キリスト教から見て他宗派に属するとしたもの。　20　角兵衛獅子の子　「越後（えちご）獅子」とも呼ばれ、新潟県西蒲原郡付近から出る子供の獅子舞い。　21　操行　品行。おこない。

角兵衛獅子（「江戸職人絵合」石原正明　一九〇〇年）

ふって私に飛びついてきた。あるいは彼の背を遠慮なく私の身体に擦りつけた。私は彼の泥足のために、衣服や外套を汚したことが何度あるか分からない。

　去年の夏から秋へかけて病気をした私は、一カ月ばかりの間ついにヘクトーに会う機会を得ずに過ぎた。病がようやく怠って、床の外へ出られるようになってから、私は初めて茶の間の縁に立って彼の姿を宵闇の裡に認めた。私はすぐ彼の名を呼んだ。しかし生垣の根にじっとうずくまっている彼は、いくら呼んでも少しも私の情けに応じなかった。彼は首も動かさず、尾も振らず、ただ白い塊のまま垣根にこびりついてるだけであった。私は一カ月ばかり会わないうちに、彼がもう主人の声を忘れてしまったものと思って、微かな哀愁を感ぜずにはいられなかった。

　まだ秋の初めなので、どこの間の雨戸も締められずに、星の光が明け放たれた家の中からよく見られる晩であった。私の立っていた茶の間の縁には、家のものが二、三人いた。けれども私がヘクトーの名前を呼んでも彼らはふり向きもしなかった。私がヘクトーに忘れられたごとくに、彼らもまたヘクトーのことをまるで念頭に置いていないように思われた。

　私は黙って座敷へ帰って、そこに敷いてある布団の上に横になった。病後の私は季節に不相当な黒八丈[22]の襟のかかった銘仙[23]のどてら[24]を着ていた。私はそれを脱ぐのが面倒だから、そのまま仰向けに寝て、手を胸の上で組み合せたなり黙って天井を見つめていた。

五

翌(あく)る朝書斎の縁に立って、初秋の庭の面を見渡したとき、私は偶然また彼の白い姿を苔(こけ)の上に認めた。私は昨夕(ゆうべ)の失望を繰り返すのが嫌さに、わざと彼の名を呼ばなかった。けれども立ったなりじっと彼の様子を見守らずにはいられなかった。彼は立木の根方に据えつけた石の手水鉢(ちょうずばち)の中に首を突き込んで、そこに溜(たま)っている雨水をぴちゃぴちゃ飲んでいた。

この手水鉢はいつ誰が持ってきたとも知れず、裏庭の隅に転がっていたのを、引っ

22 黒八丈　織目を高く織った黒無地の厚い絹の布。もと八丈島の産。主に男子の袖口や襦袢(じゅばん)の襟に用いる。23 銘仙　普段着用の絹織物。24 どてら　夜具もしくは防寒用に作られた、綿入れの大きめの着物。

どてら

越した当時植木屋に命じて今の位置に移させた六角形のもので、その頃は苔が一面に生（は）えて、側面に刻みつけた文字も全く読めないようになっていた。しかし私には移す前一度はっきりとそれを読んだ記憶があった。そうしてその記憶が文字として頭に残らないで、変な感情としていまだに胸の中を往来していた。そこには寺と仏と無常の匂いが漂っていた。

ヘクトーは元気なさそうに尻尾を垂れて、私の方へ背中を向けていた。手水鉢を離れたとき、私は彼の口から流れる垂涎（よだれ）を見た。

「どうかしてやらないといけない。病気だから。」と言って、私は看護婦を顧みた。私はその時まだ看護婦を使っていたのである。

私は次の日も木賊（とくさ）[25]の中に寝ている彼を一目見た。そうして同じ言葉を看護婦に繰り返した。しかしヘクトーはそれ以来姿を隠したぎり再び宅へ帰って来なかった。

「医者へ連れて行こうと思って、探したけれどもどこにもおりません。」

家のものはこう言って私の顔を見た。私は黙っていた。しかし腹の中では彼を貰い受けた当時のことさえ思い起こされた。届け書を出すとき、種類という下へ混血児（あいのこ）と書いたり、色という字の下へ赤斑（あかまだら）と書いた滑稽も微かに胸に浮かんだ。

彼がいなくなって約一週間も経ったと思う頃、一、二町[26]隔ったある人の家から下女が使いに来た。その人の庭にある池の中に犬の死骸が浮いているから引き上げて首輪を改めてみると、私の家の名前が彫りつけてあったので、知らせに来たというのである。下女は「こちらで埋めておきましょうか。」と尋ねた。私はすぐ車夫[27]をやって彼を引き取らせた。

私は下女をわざわざ寄こしてくれた宅がどこにあるか知らなかった。ただ私の子供の時分から覚えている古い寺の傍だろうとばかり考えていた。それは山鹿素行[28]の墓のある寺で、山門の手前に、旧幕時代の記念のように、古い榎が一本立っているのが、私の書斎の北の縁から数多の屋根を越してよく見えた。

車夫は筵の中にヘクトーの死骸を包んで帰って来た。私はわざとそれに近づかなかった。白木の小さい墓標を買ってこさして、それへ「秋風の聞えぬ土に埋めてやりぬ」という一句を書いた。私はそれを家のものに渡して、ヘクトーの眠っている土の

25 木賊　トクサ科の常緑性のシダ。湿地に生える。26 町　一町は約一一〇メートル。27 車夫　人力車をひく人。28 山鹿素行　一六二二（元和八）―八五（貞享二）年。江戸時代の儒者。儒学を林羅山に学び、兵学を北条氏長に学ぶ。新宿区の宗参寺にその墓がある。

上に建てさせた。彼の墓は猫[29]の墓から東北に当たって、ほぼ一[30]間ばかり離れているが、私の書斎の、寒い日の照らない北側の縁に出て、硝子戸のうちから、霜に荒された裏庭を覗くと、二つともよく見える。もう薄黒く朽ちかけた猫のに比べると、ヘクトーのはまだ生々しく光っている。しかし間もなく二つとも同じ色に古びて、同じく人の眼につかなくなるだろう。

六

私はその女に前後四、五回会った。

初めて訪ねられた時私は留守であった。取次ぎのものが紹介状を持ってくるように注意したら、彼女は別にそんなものを貰う所がないと言って帰って行ったそうである。それから一日ほど経って、女は手紙でじかに私の都合を聞き合わせに来た。その手紙の封筒から、私は女がつい眼と鼻の間に住んでいることを知った。私はすぐ返事を書いて面会日を指定してやった。

女は約束の時間を違えず来た。[31]三つ柏の紋のついた派出な色の[32]縮緬の羽織を着ているのが、一番先に私の眼に映った。女は私の書いたものをたいてい読んでいるらしかった。それで話は多くそちらの方面へばかり延びていった。しかし自分の著作について初見の人から賛辞ばかり受けているのは、ありがたいようではなはだこそばゆいものである。実をいうと私は辟易(へきえき)した。

一週間おいて女は再び来た。そうして私の作物(さくぶつ)をまた賞(ほ)めてくれた。けれども私の心はむしろそういう話題を避けたがっていた。三度目に来た時、女は何かに感激したものと見えて、袂(たもと)から手帛(ハンケチ)を出して、しきりに涙を拭(ぬぐ)った。そうして私に自分のこれまで経過して来た悲しい歴史を書いてくれないかと頼んだ。しかしその話を聴かない私には何という返事も与えられなかった。私は女に向かって、よし書くにしたところで迷惑を感ずる人が出て来はしないかと訊いてみた。女は存外はっきりした口調で、実名(じつみょう)さえ出さなければ構わないと答えた。それで私はとにかく彼女の経歴を聴くために、とくに時間を拵えた。

29 猫の墓　漱石の家の庭に作られていた『吾輩は猫である』の猫の墓。 30 一間　約一・八二メートル。 31 三つ柏の紋　柏の葉を図案化した紋。 32 縮緬　表面に細かいしぼのある絹織物。

三つ柏の紋

するとその日になって、女は私に会いたいという別の女の人を連れて来て、例の話はこの次に延ばして貰いたいと言った。私にはもとより彼女の違約を責める気はなかった。二人を相手に世間話をして別れた。

彼女が最後に私の書斎に座ったのはその次の日の晩であった。彼女は自分の前に置かれた桐の手焙[33]の灰を、真鍮の火箸で突ッつきながら、悲しい身の上話を始める前、黙っている私にこう言った。

「この間は興奮して私のことを書いていただきたいように申し上げましたが、それは止めに致します。ただ先生に聞いていただくだけにしておきますから、どうかそのおつもりで……。」

私はそれに対してこう答えた。

「あなたの許諾を得ない以上は、たといどんなに書きたい事柄が出てきてもけっして書く気遣いはありませんから御安心なさい。」

私が充分な保証を女に与えたので、女はそれではと言って、彼女の七、八年前からの経歴を話し始めた。私は黙然として女の顔を見守っていた。しかし女は多く眼を伏せて火鉢の中ばかり眺めていた。そうして奇麗な指で、真鍮の火箸を握っては、灰の中へ突き刺した。

時々腑に落ちないところが出てくると、私は女に向かって短い質問をかけた。女は単簡[34]にまた私の納得できるように答えをした。しかしたいていは自分一人で口を利いていたので、私はむしろ木像のようにじっとしているだけであった。

やがて女の頬は熱って赤くなった。白粉をつけていないせいか、その熱った頬の色が著しく私の眼に付いた。俯向きになっているので、たくさんある黒い髪の毛も自然私の注意を惹く種になった。

七

女の告白は聴いている私を息苦しくしたくらいに悲痛を極めたものであった。彼女は私に向かってこんな質問をかけた。——

「もし先生が小説をお書きになる場合には、その女の始末をどうなさいますか。」

33 手焙　小型の火鉢。　34 単簡　簡単。

私は返答に窮した。

「女の死ぬ方がいいとお思いになりますか、それとも生きているようにお書きになりますか。」

私はどちらにでも書けると答えて、暗に女の気色をうかがった。女はもっと判然した挨拶を私から要求するように見えた。私は仕方なしにこう答えた。——

「生きるということを人間の中心点として考えれば、そのままにしていて差し支えないでしょう。しかし美しいものや気高いものを一義において人間を評価すれば、問題が違ってくるかもしれません。」

「先生はどちらをお選びになりますか。」

私はまた躊躇(ちゅうちょ)した。黙って女のいうことを聞いているよりほかに仕方がなかった。

「私は今持っているこの美しい心持ちが、時間というもののためにだんだん薄れていくのが怖くってたまらないのです。この記憶が消えてしまって、ただ漫然と魂の抜け殻のように生きている未来を想像すると、それが苦痛で苦痛で恐ろしくってたまらないのです。」

私は女が今広い世間(せかい)の中にたった一人立って、一寸も身動きのできない位置にいることを知っていた。そうしてそれが私の力でどうするわけにもいかないほどに、せっぱつまった境遇であることも知っていた。私は手のつけようのない人の苦痛を傍観する位置に立たせられてじっとしていた。

私は服薬の時間を計るため、客の前も憚からず常に袂時計を座布団の傍に置く癖をもっていた。

「もう十一時だからお帰りなさい。」と私はしまいに女に言った。女は嫌な顔もせずに立ち上がった。私はまた「夜が更けたから送って行ってあげましょう。」と言って、女と共に沓脱に下りた。

そのとき美しい月が静かな夜を残る隈なく照らしていた。往来へ出ると、ひっそりした土の上にひびく下駄の音はまるで聞こえなかった。私は懐手をしたまま帽子も被らずに、女の後について行った。曲がり角の所で女はちょっと会釈して、「先生に送っていただいてはもったいのうございます。」と言った。「もったいないわけがありません。同じ人間です。」と私は答えた。

次の曲がり角へ来たとき女は「先生に送っていただくのは光栄でございます。」とまた言った。私は「本当に光栄と思いますか。」と真面目に尋ねた。女は簡単に「思います。」とはっきり答えた。私は「そんなら死なずに生きていらっしゃい。」と言った。私は女がこの言葉をどう解釈したか知らない。私はそれから一町ばかり行って、また宅の方へ引き返したのである。

むせっぽいような苦しい話を聞かされた私は、その夜かえって人間らしいよい心持ちを久しぶりに経験した。そうしてそれが尊とい文芸上の作物を読んだあとの気分と同じものだということに気がついた。[35]有楽座や[36]帝劇へ行って得意になっていた自分の過去の影法師がなんとなく浅ましく感ぜられた。

八

不愉快に充ちた人生をとぼとぼ辿りつつある私は、自分のいつか一度到着しなければならない死という境地について常に考えている。そうしてその死というものを生よりは楽なものだとばかり信じている。あるときはそれを人間として達し得る最上至高の状態だと思うこともある。

「死は生よりも尊とい。」

こういう言葉が近頃では絶えず私の胸を往来するようになった。

しかし現在の私は今のあたりに生きている。私の父母、私の祖父母、私の曾祖父母、それから順次に遡って、百年、二百年、ないし千年万年の間に馴致された習慣を、私一代で解脱することができないので、私は依然としてこの生に執着しているのである。

だから私のひとに与える助言はどうしてもこの生の許す範囲内においてしなければすまないように思う。どういう風に生きていくかという狭い区域のなかでばかり、私は人類の一人として他の人類の一人に向かわなければならないと思う。すでに生の中に活動する自分を認め、またその生の中に呼吸する他人を認める以上は、互いの根本義はいかに苦しくてもいかに醜くてもこの生の上に置かれたものと解釈するのが当り前であるから。

「もし生きているのが苦痛なら死んだらよいでしょう。」

こうした言葉は、どんなに情けなく世を観ずる人の口からも聞き得ないだろう。医

35 有楽座　一九〇八（明治四一）年一一月に、東京・銀座の数寄屋橋近くに開場した洋風劇場。36 帝劇　帝国劇場。一九一一（明治四四）年三月、東京・丸の内に誕生した日本最初の本格的洋風劇場。

者などは安らかな眠りにおもむこうとする病人に、わざと注射の針を立てて、患者の苦痛を一刻でも延ばす工夫を凝らしている。こんな拷問に近い所作が、人間の徳義として許されているのを見ても、いかに根強く我々が生の一字に執着しているかがわかる。私はついにその人に死をすすめることができなかった。

その人はとても回復の見込みのつかないほど深く自分の胸を傷つけられていた。同時にその傷が普通の人の経験にないような美しい思い出の種となってその人の面を輝かしていた。

彼女はその美しいものを宝石のごとく大事に永久彼女の胸の奥に抱き締めていたがった。不幸にして、その美しいものはとりも直さず彼女を死以上に苦しめる手傷そのものであった。二つの物は紙の裏表のごとくとうてい引き離せないのである。

私は彼女に向かって、すべてを癒す「時」の流れに従って下れと言った。彼女はもしそうしたらこの大切な記憶がしだいに剝げていくだろうと嘆いた。

公平な「時」は大事な宝物を彼女の手から奪う代わりに、その傷口もしだいに療治してくれるのである。激しい生の歓喜を夢のように暈(ぼか)してしまうと同時に、今の歓喜に伴う生々しい苦痛も取り除ける手段を怠らないのである。

私は深い恋愛に根ざしている熱烈な記憶を取り上げても、彼女の傷口から滴る血潮を「時」に拭わしめようとした。いくら平凡でも生きていく方が死ぬよりも私から見た彼女には適当だったからである。

かくして常に生よりも死を尊といと信じている私の希望と助言は、ついにこの不愉快に充ちた生というものを超越することができなかった。しかも私にはそれが実行上における自分を、凡庸な自然主義者として証拠立てたように見えてならなかった。私は今でも半信半疑の眼でじっと自分の心を眺めている。

九

私が高等学校[37]にいた頃、比較的親しくつきあった友達の中にO[38]という人がいた。その時分からあまり多くの朋友を持たなかった私には、自然Oと往来を繁くするような

[37] 高等学校　当時の第一高等学校をさす。一九四九（昭和二四）年、東京大学の教養学部に統合。[38] Oという人　太田達人。岩手県に生まれ、第一高等中学校を経て、一八九三（明治二六）年東京帝国大学物理学科卒業。のち、秋田中学校長などになり、一九一三（大正二）年以後樺太中学校長をしていた。

傾向があった。私はたいてい一週に一度くらいの割で彼を訪ねた。ある年の暑中休暇などには、毎日欠かさず真砂町[39]に下宿している彼を誘って、大川[40]の水泳場まで行った。

Oは東北の人だから、口の利き方に私などと違った鈍でゆったりした調子があった。そうしてその調子がいかにもよく彼の性質を代表しているように思われた。何度となく彼と議論をした記憶のある私は、ついに彼の怒ったり激したりする顔を見ることができずにしまった。私はそれだけでも充分彼を敬愛に価いする長者[41]として認めていた。

彼の性質が鷹揚であるごとく、彼の頭脳も私よりは遥かに大きかった。彼は常に当時の私には、考えの及ばないような問題を一人で考えていた。彼は最初から理科へ入る目的をもっていながら、好んで哲学の書物などを繙いた。私はあるとき彼からスペンサー[42]の『第一原理』という本を借りたことをいまだに忘れずにいる。

空の澄み切った秋日和などには、よく二人連れ立って、足の向く方へ勝手な話をしながら歩いて行った。そうした場合には、往来へ塀越しに差し出た樹の枝から、黄色に染まった小さい葉が、風もないのに、はらはらと散る景色をよく見た。それが偶然彼の眼に触れた時、彼は「あッ悟った。」と低い声で叫んだことがあった。ただ秋の色の空に動くのを美しいと観ずるよりほかに能のない私には、彼の言葉が封じ込められたある秘密の符丁として怪しい響きを耳に伝えるばかりであった。「悟りというものは妙なものだな。」と彼はその後から平生のゆったりした調子で独り言のように説明した時も、私には一口の挨拶もできなかった。

彼は貧生であった。大観音[43]の傍に間借りをして自炊していた頃には、よく干鮭を焼いて侘びしい食卓に私を着かせた。ある時は餅菓子の代わりに煮豆を買ってきて、竹の皮のまま双方から突っつき合った。

大学を卒業すると間もなく彼は地方の中学に赴任した。私は彼のためにそれを残念に思った。しかし彼を知らない大学の先生には、それがむしろ当然と見えたかもしれない。彼自身は無論平気であった。それから何年かの後に、たしか三年の契約で、支那[44]のある学校の教師に雇われていったが、任期が充ちて帰るとすぐまた内地[45]の中学校長になった。それも秋田から横手に遷されて、今では樺太[46]の校長をしているのである。

39 **真砂町**　東京都文京区内（現在の本郷辺）の旧町名。40 **大川の水泳場**　当時、大川（隅田川の通称）の両国付近の川岸にあった水泳場。41 **長者**　年長者。有徳者。42 **スペンサー**　イギリスの哲学者 Herbert Spencer（一八二〇―一九〇三年）。主著に"First principle"（一八六二年）。43 **大観音**　文京区向丘二丁目にある光源寺の俗称。大きな観音像があったが、戦災で焼失した。44 **支那**　中国のこと。第二次世界大戦末まで、一般的呼称として用いられた。45 **内地**　国内。46 **樺太**　からふと。現在のサハリン。南半分は当時、日本の領土であった。

去年上京したついでに久しぶりで私を訪ねてくれたとき、取次ぎのものから名刺を受け取った私は、すぐその足で座敷へ行って、いつもの通り客より先に席に着いていた。すると廊下伝いに室（へや）の入り口まで来た彼は、座布団の上にきちんと座っている私の姿を見るや否や、「いやに澄ましているな。」と言った。

そのとき向こうの言葉が終わるか終わらないうちに「うん」という返事がいつか私の口を滑って出てしまった。どうして私の悪口を自分で肯定するようなこの挨拶が、それほど自然に、それほど雑作なく、それほどこだわらずに、するすると私の咽喉（のど）を滑り越したものだろうか。私はそのとき透明なよい心持ちがした。

十

向かい合って座を占めたOと私とは、何より先に互いの顔を見返して、そこにまだ昔のままの面影が、懐かしい夢の記念のように残っているのを認めた。しかしそれはあたかも古い心が新しい気分の中にぼんやり織り込まれていると同じことで、薄暗く一面に霞（かす）んでいた。恐ろしい「時」の威力に抵抗して、再びもとの姿に返ることは、二人にとってもう不可能であった。二人は別れてから今会うまでの間に挟まっている過去という不思議なものを顧みないわけにいかなかった。

Oは昔林檎（りんご）のように赤い頬と、人一倍大きな丸い眼と、それから女に適したほどふっくりした輪廓（りんかく）に包まれた顔をもっていた。今見てもやはり赤い頬と丸い眼と、同じく骨張らない輪廓の持ち主ではあるが、それが昔とはどこか違っている。

私は彼に私の口髭（くちひげ）と揉（も）み上げを見せた。彼はまた私のために自分の頭を撫でてみせた。私のは白くなって、彼のは薄く禿（は）げかかっているのである。

「人間も樺太まで行けば、もう行く先はなかろうな。」と私がからかうと、彼は「まあそんなものだ。」と答えて、私のまだ見たことのない樺太の話をいろいろして聞かせた。しかし私は今それをみんな忘れてしまった。夏は大変よい所だということを覚えているだけである。

私は幾年ぶりかで、彼といっしょに表へ出た。彼はフロックの上へ、[47]とんびのような外套をぶわぶわに着ていた。そうして電車の中で釣り革にぶら下がりながら、[48]隠袋（かくし）

47 とんびのような外套　インバネス（男子用の外套の一種）をさす。48 隠袋　ポケット。

とんび

から手帛に包んだものを出して私に見せた。私は「なんだ。」と訊いた。彼は「栗饅頭だ。」と答えた。栗饅頭はさっき彼が私の宅にいた時に出した菓子であった。彼がいつの間に、それを手帛に包んだろうかと考えた時、私はちょっと驚かされた。

「あの栗饅頭を取ってきたのか。」

「そうかもしれない。」

彼は私の驚いた様子を馬鹿にするような調子でこう言ったなり、その手帛の包みをまた隠袋に収めてしまった。

我々はその晩帝劇へ行った。私の手に入れた二枚の切符に北側から入れという注意が書いてあったのを、つい間違えて、南側へ回ろうとしたとき、彼は「そっちじゃないよ。」と私に注意した。私はちょっと立ち留まって考えた上、「なるほど方角は樺太の方がたしかなようだ。」と言いながら、また指定された入り口の方へ引き返した。

彼は始めから帝劇を知っていると言っていた。しかし晩餐を済ました後で、自分の席へ帰ろうとするとき、誰でもやる通り、二階と一階のドアーを間違えて、私から笑われた。

折々隠袋から金縁の眼鏡を出して、手に持った摺物を読んでみる彼は、その眼鏡をはずさずに遠い舞台を平気で眺めていた。
「それは老眼鏡じゃないか。よくそれで遠い所が見えるね。」
「なにチャブ、ドー、だ。」
私にはこのチャブドーという意味が全くわからなかった。彼はそれを大差なしとい
う支那語だと言って説明してくれた。
その夜の帰りに電車の中で私と別れたぎり、彼はまた遠い寒い日本の領地の北のは
ずれに行ってしまった。
私は彼を想（おも）い出すたびに、達人という彼の名を考える。するとその名がとくに彼の
ために天から与えられたような心持ちになる。そうしてその達人が雪と氷に鎖（と）ざされ
た北の果てに、まだ中学校長をしているのだなと思う。

十一

ある奥さんがある女の人を私に紹介した。

「何か書いたものを見ていただきたいのだそうでございます。」

私は奥さんのこの言葉から、頭の中でいろいろのことを考えさせられた。今まで私の所へ自分の書いたものを読んでくれと言ってきたものは何人となくある。その中には原稿紙の厚さで、一寸[49]または二寸ぐらいの嵩になる大部のものも交っていた。それを私は時間の都合の許す限りなるべく読んだ。そうして簡単な私はただ読みさえすれば自分の頼まれた義務を果たしたものと心得て満足していた。ところが先方では後から新聞に出してくれと言ったり、雑誌へ載せて貰いたいと頼んだりするのが常であった。中にはひとに読ませるのは手段で、原稿を金に換えるのが本来の目的であるように思われるのも少なくはなかった。私は知らない人の書いた読みにくい原稿を好意的に読むのがだんだん嫌になって来た。

もっとも私の時間に教師をしていた頃から見ると、多少の弾力性ができてきたには相違なかった。それでも自分の仕事にかかれば腹の中はずいぶん多忙であった。親切ずくで見てやろうと約束した原稿すら、なかなか埒のあかない場合もないとは限らなかった。

私は私の頭で考えた通りのことをそのまま奥さんに話した。奥さんはよく私のいう意味を了解して帰って行った。約束の女が私の座敷へ来て、座布団の上に座ったのはそれから間もなくであった。佗びしい雨が今にも降り出しそうな暗い空を、硝子戸越しに眺めながら、私は女にこんな話をした。――

「これは社交ではありません。お互いに体裁のよいことばかり言い合っていては、いつまで経ったって、啓発されるはずも、利益を受けるわけもないのです。あなたは思い切って正直にならなければ駄目ですよ。自分さえ充分に開放してみせれば、今あなたがどこに立ってどっちを向いているかという実際が、私によく見えてくるのです。そうしたとき、私は初めてあなたを指導する資格を、あなたから与えられたものと自覚してもよろしいのです。だから私が何か言ったら、腹に答えべきある物を持っている以上、けっして黙っていてはいけません。こんなことを言ったら笑われはしまいか、恥を掻きはしまいか、または失礼だといって怒られはしまいかなどと遠慮して、相手に自分という正体を黒く塗り潰した所ばかり示す工夫をするならば、私がいくらあなたに利益を与えようとあせっても、私の射る矢はことごとく空矢（あだや）[50]になってしまうだけ

---

49 寸　一寸は約三・〇三センチメートル。50 空矢　ふつう「そらや」と読むか、または「徒矢」と書く。命中しない矢のこと。

です。

「これは私のあなたに対する注文ですが、その代わり私の方でもこの私というものを隠しは致しません。ありのままをさらけ出すよりほかに、あなたを教える途(みち)はないのです。だから私の考えのどこかに隙があって、その隙をもしあなたから見破られたら、私はあなたに私の弱点を握られたという意味で敗北の結果に陥るのです。教えを受ける人だけが自分を開放する義務をもっていると思うのは間違っています。教える人も己れをあなたの前に打ち明けるのです。双方とも社交を離れて勘破[51]し合うのです。

「そういうわけで私はこれからあなたの書いたものを拝見するときに、ずいぶん手ひどいことを思い切って言うかもしれませんが、しかし怒ってはいけません。あなたの感情を害するために言うのではないのですから。その代わりあなたの方でも腑に落ちない所があったらどこまでも切り込んでいらっしゃい。あなたが私の主意を了解している以上、私はけっして怒るはずはありませんから。

「要するにこれはただ現状維持を目的として、上滑りな円滑を主位に置く社交とは全く別物なのです。わかりましたか。」

女はわかったと言って帰って行った。

十二

私に短冊を書けの、詩を書けのと言ってくる人がある。そうしてその短冊やら絖[52]やらをまだ承諾もしないうちに送ってくる。最初のうちはせっかくの希望を無にするのも気の毒だという考えから、拙い字とは思いながら、先方の言うなりになって書いていた。けれどもこうした好意は永続しにくいものとみえて、だんだん多くの人の依頼を無にするような傾向が強くなってきた。

私はすべての人間を、毎日毎日恥を掻くために生まれてきたものだとさえ考えることもあるのだから、変な字をひとに送ってやるくらいの所作は、あえてしようと思えば、やれないとも限らないのである。しかし自分が病気のとき、仕事の忙しいとき、またはそんな真似のしたくないときに、そういう注文が引き続いて起こってくると、

51 勘破し合う　たがいに相手の胸のうちを見破り、また、本心を出しあうこと。　52 絖　絹布の一種。絵絹としても用いる。

実際弱らせられる。彼らの多くは全く私の知らない人で、そうして自分たちの送った短冊を再び送り返すこちらの手数さえ、まるで眼中に置いていないように見えるのだから。

そのうちで一番私を不愉快にしたのは播州[53]の坂越にいる岩崎という人であった。この人は数年前よく葉書で私に俳句を書いてくれと頼んできたから、その都度向こうのいう通り書いて送った記憶のある男である。その後のことであるが、彼はまた四角な薄い小包を私に送った。私はそれを開けるのさえ面倒だったから、ついそのままにして書斎へ放り出しておいたら、下女が掃除をするとき、つい書物と書物の間へ挟み込んで、まず体よくしまい失くした姿にしてしまった。

この小包と前後して、名古屋から茶の缶が私宛で届いた。しかし誰がなんのために送ったものかその意味は全くわからなかった。私は遠慮なくその茶を飲んでしまった。するとほどなく坂越の男から、富士登山の画を返してくれと言ってきた。彼からそんなものを貰った覚えのない私は、打ちやっておいた。しかし彼は富士登山の画を返せ返せと三度も四度も催促してやまない。私はついにこの男の精神状態を疑い出した。「大方気違いだろう。」私は心の中でこうきめたなり向こうの催促にはいっさい取り合わないことにした。

それから二、三カ月経った。たしか夏の初めの頃と記憶しているが、私はあまり乱雑に取り散らされた書斎の中に座っているのがうっとうしくなったので、一人でぽつぽつそこいらを片づけ始めた。そのとき書物の整理をするため、いい加減に積み重ねてある字引きや参考書を、一冊ずつ改めていくと、思いがけなく坂越の男が寄こした例の小包が出てきた。私は今まで忘れていたものを、眼のあたり見て驚いた。さっそく封を解いて中をしらべたら、小さく畳んだ画が一枚入っていた。それが富士登山の図だったので、私はまたびっくりした。

包みのなかにはこの画のほかに手紙が一通添えてあって、それに画の賛をしてくれという依頼と、お礼に茶を送るという文句が書いてあった。私はいよいよ驚いた。

しかしそのときの私はとうてい富士登山の図などに賛をする勇気をもっていなかった。私の気分が、そんなこととは遥か懸け離れた所にあったので、その画に調和するような俳句を考えている暇がなかったのである。けれども私は恐縮した。私は丁寧な

53　播州の坂越　兵庫県赤穂市坂越町。

手紙を書いて、自分の怠慢を謝した。それから茶のお礼を言った。最後に富士登山の図を小包にして返した。

十三

私はこれで一段落ついたものと思って、例の坂越の男のことを、それぎり念頭に置かなかった。するとその男がまた短冊を封じて寄こした。そうして今度は義士[54]に関係のある句を書いてくれというのである。私はそのうち書こうと言ってやった。しかしなかなか書く機会が来なかったので、ついそのままになってしまった。けれどもしつこいこの男の方ではけっしてそのままに済ます気はなかったものと見えて、むやみに催促を始め出した。その催促は一週に一遍か、二週に一遍の割できっと来た。それが必ず葉書に限っていて、その書き出しには、必ず「拝啓失敬申し候（そうら）えども」とあるにきまっていた。私はその人の葉書を見るのがだんだん不愉快になってきた。

同時に向こうの催促も、今まで私の予期していなかった変な特色を帯びるようになった。最初には茶をやったではないかという言葉が見えた。私がそれに取り合わずにいると、今度はあの茶を返してくれという文句に改まった。私は返すことはたやすいが、その手数が面倒だから、東京まで取りに来れば返してやると言ってやりたくなった。けれども坂越の男にそういう手紙を出すのは、自分の品格に関わるような気がしてあえてし切れなかった。返事を受け取らない先方はなおのこと催促をした。茶を返さないならそれでもよいから、金一円をその代価として送って寄こせというのである。私の感情はこの男に対してしだいに荒んできた。しまいにはとうとう自分を忘れるようになった。茶は飲んでしまった、短冊は失くしてしまった、以来葉書を寄こすことはいっさい無用であると書いてやった。そうして心のうちで、非常に苦々しい気分を経験した。こんな非紳士的な挨拶をしなければならないような穴の中へ、私を追い込んだのは、この坂越の男であると思ったからである。こんな男のために、品格にもせよ人格にもせよ、幾分の堕落を忍ばなければならないのかと考えると情けなかったからである。

54 義士　一七〇二（元禄一五）年、主君浅野内匠頭長矩の仇を討つために吉良上野介義央を襲った赤穂義士をさす。

しかし坂越の男は平気であった。茶は飲んでしまい、短冊は失くしてしまうとは、余りと申せば……とまた葉書に書いてきた。そうしてその冒頭には依然として拝啓失敬申し候えどもという文句が規則通り繰り返されていた。

そのとき私はもうこの男には取り合うまいと決心した。けれども私の決心は彼の態度に対して何の効果のあるはずはなかった。彼は相変わらず催促をやめなかった。そうして今度は、もう一度書いてくれれば、また茶を送ってやるがどうだと言ってきた。それからこといやしくも義士に関するのだから、句を作ってもよいだろうと言ってきた。

しばらく葉書が中絶したと思うと、今度はそれが封書に変わった。もっともその封筒は区役所などで使う極めて安い鼠色のものであったが、彼はわざとそれに切手を貼らないのである。その代わり裏に自分の姓名も書かずに投函していた。私はそれがために、倍の郵税を二度ほど払わせられた。最後に私は配達夫に彼の氏名と住所とを教えて、封のまま先方へ逆送して貰った。彼はそれで六銭[55]取られたせいか、ようやく催促を断念したらしい態度になった。

ところが二カ月ばかり経って、年が改まると共に、彼は私に普通の年始状を寄こした。それが私をちょっと感心させたので、私はつい短冊へ句を書いて送る気になった。しかしその贈物は彼を満足させるに足りなかった。彼は短冊が折れたとか、汚れたとか言って、しきりに書き直しを請求してやまない。現に今年の正月にも、「失敬申し候えども……」という依頼状が七八日頃に届いた。

私がこんな人に出会ったのは生まれて初めてである。

十四

ついこの間昔私の家へ泥棒の入ったときの話を比較的詳しく聞いた。

姉がまだ二人とも嫁づかずにいた時分のことだというから、年代にすると、多分私の生まれる前後に当たるのだろう、何しろ勤王とか佐幕とかいう荒々しい言葉の流行ったやかましい頃なのである。

ある夜一番目の姉が、夜中に小用に起きた後、手を洗うために、潜り戸[56]を開けると、

55 六銭　当時手紙は片道三銭であったから、倍の郵税にあたる。56 潜り戸　通用口に利用される小さな戸。

狭い中庭の隅に、壁を圧（お）しつけるような勢いで立っている梅の古木の根方が、かっと明るく見えた。姉は思慮をめぐらす暇（いとま）もないうちに、すぐ潜り戸を締めてしまったが、締めたあとで、今目前に見た不思議な明るさをそこに立ちながら考えたのである。

私の幼心に映ったこの姉の顔は、いまだに思い起こそうとすれば、いつでも眼の前に浮かぶくらい鮮やかである。しかしその幻像はすでに嫁に行って歯[57]を染めたあとの姿であるから、そのとき縁側に立って考えていた娘盛りの彼女を、今胸のうちに描き出すことはちょっと困難である。

広い額、浅黒い皮膚、小さいけれどもはっきりした輪廓を具えている鼻、人並みより大きい二重瞼（ふたえまぶち）の眼、それからお沢（さわ）という優しい名、——私はただこれらを総合して、その場合における姉の姿を想像するだけである。

しばらく立ったまま考えていた彼女の頭に、このときもしかすると火事じゃないかという懸念が起こった。それで彼女は思い切ってまた切戸（きりど）[58]を開けて外を覗こうとする途端に、一本の光る抜き身[59]が、闇の中から、四角に切った潜り戸の中へすうと出た。姉は驚いて身を後へ退（ひ）いた。その隙に、覆面をした、龕灯提灯（がんどうぢょうちん）[60]を提げた男が、抜刀のまま、小（ち）さい潜り戸から大勢家の中へ入って来たのだそうである。泥棒の人数（にんず）はたしか八人とか聞いた。

彼らは、ひとを殺(あや)めるために来たのではないから、おとなしくしていてくれさえすれば、家のものに危害は加えない、その代わり軍用金[61]を貸せと言って、父に迫った。父はないと断った。しかし泥棒はなかなか承知しなかった。今角の小倉屋(こくらや)という酒屋へ入って、そこで教えられて来たのだから、隠しても駄目だと言って動かなかった。父は不承不承に、とうとう何枚かの小判を彼らの前に並べた。彼らは金額があまり少な過ぎると思ったものか、それでもなかなか帰ろうとしないので、今まで床の中に寝ていた母が、「あなたの紙入れに入っているのもやっておしまいなさい。」と忠告した。その紙入れの中には五十両ばかりあったとかいう話である。泥棒が出て行ったあとで、「余計なことをいう女だ。」と言って、父は母を叱りつけたそうである。

そのことがあって以来、私の家では柱を切り組み[62]にして、その中へあり金を隠す方

---

57 **歯を染めた**　江戸時代から明治初期の習慣で、既婚女性は歯を黒く染めていた。58 **切戸**　「潜り戸」の別称。59 **抜き身**　鞘(さや)を抜き払った刀身。60 **龕灯提灯**　「強盗提灯」とも書く。自分を照らさず、先方だけに光が届くように銅やブリキで釣鐘の形をした外がこいを作り、中でローソク立てが自由に回転して水平を保つようにしたもの。61 **軍用金を貸せ**　幕末の騒乱期には軍用金調達のための強盗や脅迫事件が多かった。62 **切り組み**　材木を切って組み合わすこと。

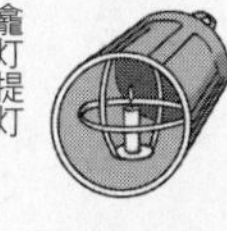
龕灯提灯

法を講じたが、隠すほどの財産もできず、また黒装束(くろそうぞく)を着けた泥棒も、それぎり来ないので、私の成長する時分には、どれが切り組みにしてある柱かまるで分からなくなっていた。

泥棒が出て行くとき、「この家は大変締まりのよいうちだ。」と言って賞(ほ)めたそうだが、その締まりのよい家を泥棒に教えた小倉屋の半兵衛さんの頭には、あくる日から擦(かす)り傷がいくつとなくできた。これは金はありませんと断るたびに、泥棒がそんなはずがあるものかと言っては、抜き身の先でちょいちょい半兵衛さんの頭を突ッついたからだという。それでも半兵衛さんは、「どうしてもうちにはありません、裏の夏目さんにはたくさんあるから、あすこへいらっしゃい。」と強情を張り通して、とうとう金は一文も奪(と)られずにしまった。

私はこの話を妻(さい)から聞いた。妻はまたそれを私の兄から茶受け話に聞いたのである。

十五

私が去年の十一月学習院[63]で講演をしたら、薄謝と書いた紙包みを後から届けてくれた。立派な水引き[64]がかかっているので、それをはずして中を改めると、五円札が二枚入っていた。私はその金を平生から気の毒に思っていた、ある懇意な芸術家に贈ろうかしらと思って、暗に彼の来るのを待ち受けていた。ところがその芸術家がまだ見えない先に、何か寄付の必要ができてきたりして、つい二枚とも消費してしまった。

一口でいうと、この金は私にとってけっして無用なものではなかったのである。世間の通り相場で、立派に私のために消費されたというよりほかに仕方がないのである。けれどもそれをひとにやろうとまで思った私の主観から見れば、そんなにありがたみの付着していない金には相違なかったのである。打ち明けた私の心持ちをいうと、こうしたお礼を受けるより受けないときの方がよほどさっぱりしていた。

畔柳芥舟[65]君が樗牛会[66]の講演のことで見えたとき、私は話のついでとして一通りその理由を述べた。

---

63 **学習院で講演**　一九一四（大正三）年一一月二五日、学習院で「私の個人主義」と題して講演した。付録参照。
64 **水引き**　贈答品に結ぶ飾り紐。65 **畔柳芥舟**　畔柳都太郎（くにたろう）。一八九六（明治二九）年東京帝国大学英文科卒業。このとき第一高等学校教授。66 **樗牛会**　明治の思想家高山樗牛の死後、畔柳都太郎・姉崎正治らを発起人として設立した団体で、しばしば学術講演会などを開催した。

「この場合私は労力を売りに行ったのではない。好意ずくで依頼に応じたのだから、向こうでも好意だけで私に酬いたらよかろうと思う。もし報酬問題とする気なら、最初からお礼はいくらするが、来てくれるかどうかと相談すべきはずでしょう。」

そのときK君は納得できないといったような顔をした。そうしてこう答えた。

「しかしどうでしょう。その十円はあなたの労力を買ったという意味でなくって、あなたに対する感謝の意を表する一つの手段と見たら。そう見るわけにはいかないのですか。」

「品物ならはっきりそう解釈もできるのですが、不幸にもお礼が普通営業的の売買に使用する金なのですから、どっちとも取れるのです。」

「どっちとも取れるなら、この際善意の方に解釈した方がよくはないでしょうか。」

私はもっともだとも思った。しかしまたこう答えた。

「私は御存じの通り原稿料で衣食しているくらいですから、無論富裕とは言えません。しかしどうかこうか、それだけで今日を過ごしていかれるのです。だから自分の職業以外のことにかけては、なるべく好意的に人のために働いてやりたいという考えを持っています。そうしてその好意が先方に通じるのが、私にとっては、何よりも尊とい報酬なのです。したがって金などを受けると、私が人のために働いてやるという余地、——今の私にはこの余地がまた極めて狭いのです。——その貴重な余地を腐蝕させられたような心持ちになります。」

K君はまだ私の言うことを肯わない様子であった。私も強情であった。

「もし岩崎とか三井[67]とかいう大富豪に講演を頼むとした場合に、後から十円のお礼を持って行くでしょうか、あるいは失礼だからといって、ただ挨拶だけにとどめておくでしょうか。私の考えではおそらく金銭は持って行くまいと思うのですが。」

「さあ。」といっただけでK君は判然した返事を与えなかった。私にはまだ言うことが少し残っていた。

「己惚かは知りませんが、私の頭は三井岩崎に比べるほど富んでいないにしても、一般学生よりはずっと金持ちに違いないと信じています。」

「そうですとも。」とK君はうなずいた。

「もし岩崎や三井に十円のお礼を持って行くことが失礼ならば、私の所へ十円のお礼

67　岩崎とか三井とか　第二次世界大戦後の財閥解体まであった二大財閥。

を持ってくるのも失礼でしょう。それもその十円が物質上私の生活に非常な潤沢を与えるなら、またほかの意味からこの問題を眺めることもできるでしょうが、現に私はそれをひとにやろうとまで思ったのだから。――私の現下の経済的生活は、この十円のために、ほとんど目に立つほどの影響を蒙らないのだから。」

「よく考えてみましょう。」といったK君はにやにや笑いながら帰って行った。

十六

うちの前のだらだら坂を下りると、一間ばかりの小川に渡した橋があって、その橋向こうのすぐ左側に、小さな床屋が見える。私はたった一度そこで髪を刈って貰ったことがある。

平生は白い金巾[68]の幕で、硝子戸の奥が、往来から見えないようにしてあるので、私はその床屋の土間に立って、鏡の前に座を占めるまで、亭主の顔をまるで知らずにいた。

亭主は私の入ってくるのを見ると、手に持った新聞紙を放り出してすぐ挨拶をした。

そのとき私はどうもどこかで会ったことのある男に違いないという気がしてならなかった。それで彼が私の後ろへ回って、鋏（はさみ）をちょきちょき鳴らし出した頃を見計らって、こっちから話を持ちかけてみた。すると私の推察通り、彼は昔寺町[69]の郵便局の傍に店を持って、今と同じように、散髪を渡世としていたことがわかった。

「高田の旦那などにもだいぶお世話になりました。」

その高田というのは私の従兄（いとこ）なのだから、私も驚いた。

「へえ高田を知ってるのかい。」

「知ってるどころじゃございません。始終徳、徳、って贔屓（ひいき）にしてくだすったもんです。」

彼の言葉遣いはこういう職人にしてはむしろ丁寧な方であった。

「高田も死んだよ。」と私がいうと、彼はびっくりした調子で「ヘッ。」と声をあげた。

「いい旦那でしたがね、惜しいことに。いつ頃お亡くなりになりました。」

「なに、ついこないださ。今日で二週間になるか、ならないぐらいのものだろう。」

68 金巾　綿織物の一種。薄地で平織りの布。69 寺町　新宿区神楽坂、横寺町付近の通称。

　彼はそれからこの死んだ従兄について、いろいろ覚えていることを私に語った末、

「考えると早いもんですね旦那、つい昨日のこととしっきゃ[70]思われないのに、もう三十年近くにもなるんですから。」と言った。

「あのそら求友亭(きゆうゆうてい)[71]の横町にいらしってね、……。」と亭主はまた言葉を継ぎ足した。

「うん、あの二階のある家だろう。」

「ええお二階がありましたっけ。あすこへお移りになったときなんか、方々様(ほうぼうさま)からお祝い物なんかあって、大変お盛んでしたがね。それから後でしたっけか、行願寺(ぎようがんじ)[72]の寺内へお引っ越しなすったのは。」

　この質問は私にも答えられなかった。実はあまり古いことなので、私もつい忘れてしまったのである。

「あの寺内も今じゃ大変変わったようだね。用がないので、それからつい入ってみたこともないが。」

「変わったの変わらないのってあなた、今じゃまるで待合[73]ばかりでさあ。」

　私は肴町(さかなまち)[74]を通るたびに、その寺内へ入る足袋屋の角の細い小路(こうじ)の入り口に、ごたごた掲げられた四角な軒灯の多いのを知っていた。しかしその数を勘定してみるほどの

道楽気も起こらなかったので、つい亭主のいうことには気がつかずにいた。

「なるほどそういえば誰[75]（た）が袖なんて看板が通りから見えるようだね。」

「ええたくさんできましたよ。もっとも変わるはずですね、考えてみると。もうやがて三十年にもなろうというんですから。旦那も御承知の通り、あの時分は芸者屋ったら、寺内にたった一軒しきゃ無かったもんでさあ。東家（あずまや）ってね。ちょうどそら高田の旦那の真ん向こうでしたろう、東家の御神灯[76]（ごじんとう）のぶら下がっていたのは。」

十七

私はその東家をよく覚えていた。従兄のうちのつい向こうなので、両方のものが出入りのたびに、顔を合わせさえすれば挨拶をし合うぐらいの間柄であったから。

70 しっきゃ　「しか」の江戸なまり。　71 求友亭　新宿区神楽坂にあった料亭。　72 行願寺　新宿区神楽坂（もと牛込区肴町）にあった天台宗の寺。　73 待合　待合茶屋。遊興などのために客と芸者に席を貸す茶屋。　74 肴町　現在の新宿区神楽坂の一部の旧町名。　75 誰が袖　香袋の一つ。袋を袖の形に造り、紐で二つつないで、懐中から左右の袂に落として用いたもの。女性に愛用された。　76 御神灯　芸者屋で玄関の軒につるす提灯のことで、「御神灯」という文字が書かれているもの。

その頃従兄の家には、私の二番目の兄がごろごろしていた。この兄は大の放蕩ものので、よくうちの懸け物や刀剣類を盗み出しては、それを二束三文に売り飛ばすという悪い癖があった。彼がなんで従兄の家に転がり込んでいたのか、そのときの私にはわからなかったけれども、今考えると、あるいはそうした乱暴を働いた結果、しばらく家を追い出されていたかもしれないと思う。その兄のほかに、まだ庄さんという、これも私の母方の従兄に当たる男が、そこいらにぶらぶらしていた。

　こういう連中がいつでも一つ所に落ち合っては、寝そべったり、縁側へ腰をかけたりして、勝手な出放題を並べていると、時々向こうの芸者屋の竹格子の窓から、「今日は。」などと声をかけられたりする。それをまた待ち受けてでもいるごとくに、連中は「おいちょっとおいで、よいものあるから。」とかなんとか言って、女を呼び寄せようとする。芸者の方でも昼間は暇だから、三度に一度は御愛嬌に遊びにくる。といった風の調子であった。

　私はその頃まだ十七、八だったろう、その上大変な羞恥屋で通っていたので、そんな所に居合わしても、なんにも言わずに黙って隅の方に引っ込んでばかりいた。それでも私は何かの拍子で、これらの人々といっしょに、その芸者屋へ遊びに行って、トランプをしたことがある。負けたものは何か奢(おご)らなければならないので、私は人の買った寿司や菓子をだいぶ食った。

一週間ほど経ってから、私はまたこののらくらの兄に連れられて同じうちへ遊びに行ったら、例の庄さんも席に居合わせて話がだいぶはずんだ。そのとき咲松(さきまつ)という若い芸者が私の顔を見て、「またトランプをしましょう。」と言った。私は小倉[77](こくら)の袴(はかま)を穿(は)いて四角張っていたが、懐中には一銭の小遣いさえ無かった。

「僕は銭がないから嫌だ。」

「いいわ、私が持ってるから。」

この女はそのとき眼を病んででもいたのだろう、こういいい、奇麗な襦袢[78](じゅばん)の袖でしきりに薄赤くなった二重瞼を擦っていた。

その後私は「お作(さく)がよいお客に引かされた。」という噂(うわさ)を、従兄の家で聞いた。従兄の家では、この女のことを咲松といわないで、常にお作お作と呼んでいたのである。

77 小倉　「小倉織り」の略。綿織物の一種で、生地が丈夫であることから、袴などに用いられた。78 襦袢　和服の下着。

私はその話を聞いたとき、心の内でもうお作に会う機会も来ないだろうと考えた。

ところがそれからだいぶ経って、私が例の達人といっしょに、芝の山内[79]の勧工場[80]へ行ったら、そこでまたぱったりお作に出会った。こちらの書生姿に引きかえて、彼女はもう品のよい奥様に変わっていた。旦那というのも彼女の傍についていた。……

私は床屋の亭主の口から出た東家という芸者屋の名前の奥に潜んでいるこれだけの古い事実を急に思い出したのである。

「あすこにいたお作という女を知ってるかね。」と私は亭主に聞いた。

「知ってるどころか、ありゃ私の姪でさあ。」

「そうかい。」

私は驚いた。

「それで、今どこにいるのかね。」

「お作は亡くなりましたよ、旦那。」

私はまた驚いた。

「いつ。」

「いつって、もう昔のことになりますよ。たしかあれが二十三の年でしたろう。」

「へえ。」

「しかも浦塩(ウラジオ)[81]で亡くなったんです。旦那が領事館に関係のある人だったもんですから、あっちへいっしょに行きましてね。それから間もなくでした、死んだのは。」

私は帰って硝子戸の中に座って、まだ死なずにいるものは、自分とあの床屋の亭主だけのような気がした。

十八

私の座敷へ通されたある若い女が、「どうも自分の周囲(まわり)がきちんと片づかないで困りますが、どうしたらよろしいものでしょう。」と聞いた。

この女はある親戚のうちに寄寓(きぐう)しているので、そこが手狭な上に、子供などがうるさいのだろうと思った私の答えは、すこぶる簡単であった。

79 山内　港区（もと芝区）芝公園一帯をさす。80 勧工場　百貨店の前身ともいうべき協同商店の旧称。81 浦塩　「浦塩斯徳(ストック)」の略称。ロシアの日本海岸にある商工業・軍港都市ウラジオストックのこと。日本人居留民が多かった。

「どこかさっぱりした家を探して下宿でもしたらよいでしょう。」

「いえ部屋のことではないので、頭の中がきちんと片づかないで困るのです。」

私は私の誤解を意識すると同時に、女の意味がまたわからなくなった。それでもう少し進んだ説明を彼女に求めた。

「外からはなんでも頭の中に入って来ますが、それが心の中心と折り合いがつかないのです。」

「あなたのいう心の中心とはいったいどんなものですか。」

「どんなものといって、真っ直な直線なのです。」

私はこの女の数学に熱心なことを知っていた。けれども心の中心が直線だという意味は無論私に通じなかった。その上中心とははたして何を意味するのか、それもほとんど不可解であった。女はこう言った。

「物にはなんでも中心がございましょう。」

「それは眼で見ることができ、尺度で計ることのできる物体についての話でしょう。心にも形があるんですか。そんならその中心というものをここへ出して御覧なさい。」

女は出せるとも出せないとも言わずに、庭の方を見たり、膝の上で両手を擦ったりしていた。

「あなたの直線というのは比喩（たとえ）じゃありませんか。もし比喩なら、円（まる）といっても四角といっても、つまり同じことになるのでしょう。」

「そうかもしれませんが、形や色が始終変わっているうちに、少しも変わらないものが、どうしてもあるのです。」

「その変わるものと変わらないものが、別々だとすると、要するに心が二つあるわけになりますが、それでよいのですか。変わるものはすなわち変わらないものでなければならないはずじゃありませんか。」

こう言った私はまた問題を元に返して女に向かった。

「すべて外界のものが頭のなかに入って、すぐ整然と秩序なり段落なりがはっきりするように納まる人は、おそらくないでしょう。失礼ながらあなたの年齢（とし）や教育や学問で、そうきちんと片づけられるわけがありません。もしまたそんな意味でなくって、学問の力を借りずに、徹底的にどさりと納まりをつけたいなら、私のようなものの所へ来ても駄目です。坊さんの所へでもいらっしゃい。」

すると女が私の顔を見た。

「私は初めて先生をお見上げ申したときに、先生の心はそういう点で、普通の人以上に整っていらっしゃるように思いました。」

「そんなはずがありません。」

「でも私にはそう見えました。内臓の位置までがととのっていらっしゃるとしか考えられませんでした。」

「もし内臓がそれほど具合よく調節されているなら、こんなに始終病気などはしませんん。」

「私は病気にはなりません。」とそのとき女は突然自分のことを言った。

「それはあなたが私より偉い証拠です。」と私も答えた。

女は布団を滑り下りた。そうして、「どうぞお身体をお大切に。」と言って帰って行った。

十九

私の旧宅は今私の住んでいる所から、四、五町奥の馬場下[82]という町にあった。町とは言い条、その実小さな宿場としか思われないくらい、子供のときの私には、寂れきってかつ淋しく見えた。もともと馬場下とは高田の馬場[83]の下にあるという意味なのだから、江戸絵図[84]で見ても、朱引内か朱引外か[85]分からない辺鄙な隅の方にあったに違いないのである。

それでも内蔵造[86]の家が狭い町内に三、四軒はあったろう。坂を上ると、右側に見える近江屋伝兵衛という薬種屋などはその一つであった。それから坂を下り切った所に、間口の広い小倉屋という酒屋もあった。もっともこの方は倉造りではなかったけれども、堀部安兵衛[87]が高田の馬場で敵を討つときに、ここへ立ち寄って、枡酒を飲んで行ったという履歴のある家柄であった。私はその話を子供の時分から覚えていたが、つ

---

82 **馬場下という町**　新宿区馬場下町。83 **高田の馬場**　江戸時代、高田村（現在、新宿区）にあった馬場。JR山手線の高田馬場駅にその名を残している。84 **江戸絵図**　江戸時代に作られた江戸の地図。色彩による町区分やさし絵なども入っていた。85 **朱引内か朱引外か**　江戸時代の江戸の地図には、御府内（江戸市内）と御府外（郡部）との境界線が朱で記入されており、品川・四谷・板橋・千住・本所・深川以内が朱引内であった。86 **内蔵造の家**　土蔵、倉のように四面を壁で作った家屋。すぐあとに「倉造り」とも書いているが、「土蔵造り」ともいう。87 **堀部安兵衛**　一六七〇（寛文一〇）―一七〇三（元禄一六）年。もと中山氏、本名武庸。舅菅野六左衛門が高田馬場で決闘したさい、かけつけてこの仇を討ち、のち赤穂藩士堀部弥兵衛の養子となり、養父らと吉良上野介を討った。

いぞそこにしまってあるという噂の安兵衛が口を付けた枡を見たことがなかった。その代わり娘のお北さんの長唄[88]は何度となく聞いた。私は子供だから上手だか下手だかまるでわからなかったけれども、私のうちの玄関から表へ出る敷石の上に立って、通りへでも行こうとすると、お北さんの声がそこからよく聞こえたのである。春の日の昼過ぎなどに、私はよくうっとりとした魂を、うららかな光に包みながら、お北さんのおさらいを聴くでもなく聴かぬでもなく、ぼんやり私の家の土蔵の白壁に身をもたせて、たたずんでいたことがある。そのお陰で私はとうとう「旅の衣は篠懸[89]の」などという文句をいつの間にか覚えてしまった。

　このほかには棒屋[90]が一軒あった。それから鍛冶屋も一軒あった。少し八幡坂[91]の方へ寄った所には、広い土間を屋根の下に囲い込んだやっちゃ場[92]もあった。私の家のものは、そこの主人を、問屋の仙太郎さんと呼んでいた。仙太郎さんはなんでも私の父とごく遠い親類つづきになっているんだとか聞いたが、つきあいからいうと、まるで疎闊であった。往来で行き会うときだけ、「よいお天気で。」などと声をかけるくらいの間柄に過ぎなかったらしく思われる。この仙太郎さんの一人娘が講釈師[93]の貞水[94]といい仲になって、死ぬの生きるのという騒ぎのあったことも人聞きに聞いて覚えてはいるが、まとまった記憶は今頭のどこにも残っていない。子供の私には、それよりか仙太郎さんが高い台の上に腰をかけて、矢立(やたて)[95]と帳面を持ったまま、「いーやっちゃいくら。」と威勢のいい声で下にいる大勢の顔を見渡す光景の方がよっぽど面白かった。下からはまた二十本も三十本もの手を一度に挙げて、みんな仙太郎さんの方を向きながら、ろんじだのがれんだのという符徴[96]を、罵しるように呼び上げるうちに、しょうがや茄子(なす)や唐茄子[97]の籠が、それらの節太の手で、どしどしどこかへ運び去られるのを見ているのも勇ましかった。

どんな田舎へ行ってもありがちな豆腐屋は無論あった。その豆腐屋には油の臭いの染み込んだ縄暖簾(なわのれん)[98]がかかっていて門口を流れる下水の水が京都へでも行ったように奇

88 **長唄** 三味線音楽の一種。89 **旅の衣は篠懸の** 長唄「勧進帳」の冒頭の句。90 **棒屋** 小型の木槌(きづち)である才槌や鍬(くわ)の柄や荷車などの木工品を製造販売した商店の旧称。91 **八幡坂** 新宿区西早稲田にある坂。近くに高田穴八幡神社がある。92 **やっちゃ場** 「青物市場」の旧俗称。93 **講釈師** 講談を職業とした人。「講談」は、軍記・武勇伝・敵討ちなどを調子をつけて面白く読む話術を中心とした日本の伝統芸能。94 **貞水** 真龍斎貞水。講釈師。95 **矢立** 墨壺に筆を入れる筒のついたもの。帯にさしこんだりして携帯した。96 **符徴** 青果市場や魚市場などで使われた取引用語で、「ろんじ」は六、「がれん」は五のこと。97 **唐茄子** カボチャ。98 **縄暖簾** 多くの縄を結びたらして作った暖簾。

縄暖簾

麗だった。その豆腐屋について曲がると半町ほど先に[99]西閑寺という寺の門が小高く見えた。赤く塗られた門の後ろは、深い竹藪で一面におおわれているので、中にどんなものがあるか通りからは全く見えなかったが、その奥でする朝晩のお勤めの鉦の音は、今でも私の耳に残っている。ことに霧の多い秋から木枯の吹く冬へかけて、カンカンと鳴る西閑寺の鉦の音は、いつでも私の心に悲しくて冷たいある物を叩き込むように小さい私の気分を寒くした。

二十

この豆腐屋の隣に寄席が一軒あったのを、私は夢幻のようにまだ覚えている。こんな場末に人寄せ場のあろうはずがないというのが、私の記憶に霞をかけるせいだろう、私はそれを思い出すたびに、奇異な感じに打たれながら、不思議そうな眼を見張って、遠い私の過去をふり返るのが常である。

その席亭の主人というのは、町内の[100]鳶頭で、時々[101]目暗縞[102]の腹掛けに赤い筋の入った[103]印袢纏を着て、突っかけ草履か何かでよく表を歩いていた。そこにまたお藤さんという娘があって、その人の容色がよく家のものの口に上ったことも、まだ私の記憶を離れずにいる。後には養子を貰ったが、それが口髭を生やした立派な男だったので、私はちょっと驚かされた。お藤さんの方でも自慢の養子だという評判が高かったが、後から聞いてみると、この人はどこかの区役所の書記だとかいう話であった。

この養子が来る時分には、もう寄席もやめて、しもうた屋[104]になっていたようであるが、私はそこのうちの軒先にまだ薄暗い看板が淋しそうに懸かっていた頃、よく母から小遣いを貰ってそこへ講釈を聞きに出かけたものである。講釈師の名前はたしか、南麟[105]とかいった。不思議なことに、この寄席へは南麟よりほかに誰も出なかったようである。この男の家はどこにあったか知らないが、どの見当から歩いてくるにしても、道普請[106]ができて、家並みの揃った今から見れば大事業に相違なかった。その上客の頭

99　西閑寺　新宿区喜久井町にある誓閑寺（浄土宗）をさす。漱石の覚え違いと思われる。
100　鳶頭　「とびのもののかしら」。「とびのもの」は、江戸時代町火消に属した人足のことで、明治以後も消防夫の俗称として用いた。
101　目暗縞　紺木綿のこと。
102　腹掛け　職人などが着ける作業着。胸と腹をおおって、背中で交差させてとめる。
103　印袢纏　職人たちが着る仕事着。
104　しもうた屋　以前、商売をしていたが、やめたあとの建物。
105　南麟　田辺南麟。講釈師。
106　道普請　道路工事。

数はいつでも十五か二十くらいなのだから、どんなに想像を逞しくしても、夢としか考えられないのである。[107]「もうしもうし花魁え、と言われて八ツ橋なんざますえとふり返る、途端に切り込む刃の光」という変な文句は、私がその時分南麟から教わったのか、それとも後になって落語家のやる講釈師の真似から覚えたのか、今では混雑してよく分からない。

当時私の家からまず町らしい町へ出ようとするには、どうしても人気のない茶畑とか、竹藪とかまたは長い田圃路とかを通り抜けなければならなかった。買い物らしい買い物はたいてい[108]神楽坂まで出る例になっていたので、そうした必要に馴らされた私に、さした苦痛のあるはずもなかったが、それでも矢来の坂を上って[109]酒井様の[110]火の見櫓を通り越して寺町へ出ようという、あの五、六町の一筋道などになると、昼でも陰森として、大空が曇ったように始終薄暗かった。

あの土手の上に二抱えも三抱えもあろうという大木が、何本となく並んで、その隙間隙間をまた大きな竹藪で塞いでいたのだから、日の目を拝む時間といったら、一日のうちにおそらくただの一刻もなかったのだろう。下町へ行こうと思って、[111]日和下駄などを履いて出ようものなら、きっとひどい目にあうにきまっていた。あすこの霜解けは雨よりも雪よりも恐ろしいもののように私の頭に染み込んでいる。
そのくらい不便な所でも火事のおそれはあったものと見えて、やっぱり町の曲がり角に高い梯子(はしご)が立っていた。そうしてその上に古い半鐘[112]も型のごとく釣るしてあった。私はこうしたありのままの昔をよく思い出す。その半鐘のすぐ下にあった小さな一膳[113]飯屋(めしや)もおのずと眼先に浮かんでくる。縄暖簾の隙間からあたたかそうな煮しめの香(におい)が煙と共に往来へ流れ出して、それが夕暮の靄(もや)に融(と)け込んでいく趣きなども忘れることができない。私が子規[114]のまだ生きているうちに、「半鐘と並んで高き冬木哉(かな)」という句を作ったのは、実はこの半鐘の記念のためであった。

---

107 **もうしもうし花魁え** 元禄年間（一六八八―一七〇四年）、佐野（栃木県佐野市）の百姓次郎左衛門が嫉妬に狂い、江戸吉原の遊女八ツ橋らを殺害した事件を脚色した講談の文句と思われる。108 **神楽坂** 牛込区（現在の新宿区）神楽坂。当時の盛り場。109 **酒井様** 旧小浜(おばま)藩主酒井氏。その屋敷は新宿区矢来町の大部分を占めていた。110 **火の見櫓** 火事を警戒したり、火災のとき、出火場所を見極めるために登る櫓。111 **日和下駄** 晴れた日にはく歯の低い下駄。112 **半鐘** 火の見櫓に取り付けた鐘。113 **一膳飯屋** 盛り切りの一膳飯を売る庶民的飲食店。114 **子規** 正岡子規。俳人・歌人。一八六七（慶応三）―一九〇二（明治三五）年。第一高等学校時代に漱石と知遇を得、終生親しかった。

火の見櫓

二十一

私の家に関する私の記憶は、総じてこういう風に鄙びている。そうしてどこかに薄ら寒い憐れな影を宿している。だから今生き残っている兄から、ついこないだ、うちの姉たちが芝居に行った当時の様子を聴いたときには驚いたのである。そんな派出な暮らしをした昔もあったのかと思うと、私はいよいよ夢のような心持ちになるよりほかはない。

その頃の芝居小屋はみんな猿若町[115]にあった。電車も俥[116]もない時分に、高田の馬場の下から浅草の観音様の先まで朝早く行き着こうというのだから、たいていのことではなかったらしい。姉たちはみんな夜半に起きて支度をした。途中が物騒だというので、用心のため、下男がきっと供をして行ったそうである。

彼らは筑土[117]を下りて、[118]柿の木横町から揚場[119]へ出て、かねてそこの船宿にあつらえておいた屋根船に乗るのである。私は彼らがいかに予期に充ちた心をもって、のろのろ砲兵工廠[120]の前から御茶の水を通り越して柳橋[121]まで漕がれつつ行っただろうと想像する。

しかも彼らの道中はけっしてそこで終わりを告げるわけにいかないのだから、時間に制限をおかなかったその昔がなおさら回顧の種になる。

大川[122]へ出た船は、流れを遡って吾妻橋[123]を通り抜けて、今戸[124]の有明楼[125]の傍に着けたものだという。姉たちはそこから上がって芝居茶屋[126]まで歩いて、それからようやく設けの席につくべく、小屋へ送られて行く。設けの席というのは必ず高土間[127]に限られていた。これは彼らの服装なり顔なり、髪飾りなりが、一般の眼によく付く便利のいい場所なので、派出を好む人たちが、争って手に入れたがるからであった。

幕の間には役者に随いている男が、どうぞ楽屋へお遊びにいらっしゃいましと言っ

115 猿若町　現在の台東区（もと浅草区）の旧町名。浅草寺の北にあたる。天保の改革のさい、江戸市内の芝居小屋がここに移し集められた。116 俥　人力車。117 筑土　新宿区筑土八幡町付近の旧通称。118 柿の木横町　新宿区揚場町にあった地名。119 揚場　新宿区揚場町。神田川の船着き場で船の荷揚げ場であった。120 砲兵工廠　現在の東京ドームの地にあった軍需工場で、現在の神田川北岸に接した。121 柳橋　台東区柳橋。神田川が隅田川に合流する地点。船宿があり、芸者町でもある。122 大川　隅田川の異称。123 吾妻橋　浅草雷門から対岸に架かっている隅田川橋梁の一つ。安永三（一七七四）年架設。124 今戸　台東区今戸。125 有明楼　現在の隅田公園浅草側の地域にあった茶屋。126 芝居茶屋　劇場の前などに敷設されていた茶屋のことで、観客の接待・休憩・食事や観劇の案内の便宜をはかった。127 高土間　旧式歌舞伎劇場で、左右の桟敷と中央の平土間の間に一段高くなっていた客席の称。

て案内に来る。すると姉たちはこの縮緬の模様のある着物の上に袴を履いた男の後について、田之助(たのすけ)[128]とか訥升(とっしょう)[129]とかいう贔屓(ひいき)の役者の部屋へ行って、扇子に画(え)などを描いて貰って帰ってくる。これが彼らの見栄だったのだろう。そうしてその見栄は金の力でなければ買えなかったのである。

帰りには元来(もと)た路を同じ舟で揚場まで漕ぎ戻す。無用心だからと言って、下男がまた提灯を点(つ)けて迎えに行く。うちへ着くのは今の時計で十二時くらいにはなるのだろう。だから夜半から夜半までかかって彼らはようやく芝居を見ることができたのである。……

こんなはなやかな話を聞くと、私ははたしてそれが自分のうちに起こったことかしらんと疑いたくなる。どこか下町の富裕な町家の昔を語られたような気もする。

もっとも私の家も侍分(さむらいぶん)ではなかった。派出な付き合いをしなければならない名主(なぬし)[130]という町人であった。私の知っている父は、禿頭の爺(じい)さんであったが、若い時分には、一中節(いっちゅうぶし)[131]を習ったり、なじみの女に縮緬の積夜具(つみやぐ)[132]をしてやったりしたのだそうである。

青山[133]に田地があって、そこから上がってくる米だけでも、家のものが食うには不足がなかったとか聞いた。現に今生き残っている三番目の兄などは、その米を舂(つ)く音を始終聞いたと言っている。私の記憶によると、町内のものがみんなして私の家を呼んで、玄関玄関(げんか)[134]と称(とな)えていた。その時分の私には、どういう意味かわからなかったが、今考えると、式台[135]のついた厳(いか)めしい玄関付きの家は、町内にたった一軒しかなかったからだろうと思う。その式台を上がった所に、突棒(つくぼう)[136]や、袖搦(そでがらみ)や刺股(さすまた)や、また古ぼけた馬上(ばじょう)[137]提灯などが、並んで懸けてあった昔なら、私でもまだ覚えている。

二十二

この二、三年来私はたいてい年に一度くらいの割で病気をする。そうして床につい

128 **田之助** 三代目澤村田之助。一八四五（弘化二）―七八（明治一一）年。歌舞伎俳優。129 **訥升** 二代目澤村訥升一八三八（天保九）―八六（明治一九）年。歌舞伎俳優。田之助の兄。130 **名主** 現在の町会長か区会議員に相当する。江戸町奉行の支配を受け、かなりの経済的・政治的権力をもって町の取締りにあたった。131 **一中節** 浄瑠璃節の一種。江戸前期に京都の都一中が始めたもので、江戸末期から再び流行し、明治以後も盛んに行われた。132 **積夜具** 吉原などの遊里で、客が遊女となじみになったしるしに、新調の夜具を贈って、それを届先に積み重ねたこと。133 **青山** 港区（もと赤坂区）の地名。134 **玄関玄関** 江戸時代、町人階級では名主だけが事務執行所として玄関を作ることを許されていた。135 **式台** 玄関先の板敷のこと。136 **突棒や、袖搦や刺股** 江戸時代に罪人を捕えるのに用いた三つ道具。137 **馬上提灯** 馬に乗るさい、長い柄を腰にさしてたずさえる提灯。

てから床を上げるまでに、ほぼ一月の日数を潰してしまう。

私の病気といえば、いつもきまった胃の故障なので、いざとなると、絶食療法よりほかに手の付けようがなくなる。医者の命令ばかりか、病気の性質そのものが、私にこの絶食を余儀なくさせるのである。だから病み始めより回復期に向かったときの方が、余計瘦せこけてふらふらする。一カ月以上かかるのもおもにこの衰弱が祟るからのように思われる。

私の立ち居が自由になると、黒枠のついた摺物が、時々私の机の上に載せられる。私は運命を苦笑する人のごとく、絹帽[138]などを被って、葬式の供に立つ、俥を駆って斎場[139]へ駆けつける。死んだ人のうちには、お爺さんもお婆さんもあるが、ときには私よりも年齢が若くって、平生からその健康を誇っていた人も交っている。

私は宅へ帰って机の前に座って、人間の寿命は実に不思議なものだと考える。多病な私はなぜ生き残っているのだろうかと疑ってみる。あの人はどういうわけで私より先に死んだのだろうかと思う。

私としてこういう黙想に耽るのはむしろ当然だといわなければならない。けれども自分の位地や、身体や、才能や——すべて己れというもののおり所を忘れがちな人間の一人（いちにん）として、私は死なないのが当たり前だと思いながら暮らしている場合が多い。読経の間ですら、焼香の際ですら、死んだ仏のあとに生き残った、この私という形骸を、ちっとも不思議と心得ずに澄ましていることが常である。

ある人が私に告げて、「ひとの死ぬのは当たり前のように見えますが、自分が死ぬということだけはとても考えられません。」と言ったことがある。戦争に出た経験のある男に、「そんなに隊のものが続々斃（たお）れるのを見ていながら、自分だけは死なないと思っていられますか。」と聞いたら、その人は「いられますね。おおかた死ぬまでは死なないと思ってるんでしょう。」と答えた。それから大学の理科に関係のある人に、飛行機の話を聴かされたときに、こんな問答をした覚えもある。

「ああして始終落ちたり死んだりしたら、後から乗るものは怖いだろうね。今度はおれの番だという気になりそうなものだが、そうでないかしら。」

「ところがそうでないとみえます。」

「なぜ。」

138　絹帽　男性の礼装用帽子。高い円筒状で頂上は平ら。［英語］silk hat　139　斎場　葬儀をする場所。

「なぜって、まるで反対の心理状態に支配されるようになるらしいのです。やッぱりあいつは墜落して死んだが、おれは大丈夫だという気になるとみえますね。」

私もおそらくこういう人の気分で、比較的平気にしていられるのだろう。それもそのはずである。死ぬまでは誰しも生きているのだから。

不思議なことに私の寝ている間には、黒枠の通知がほとんど来ない。去年の秋にも病気が癒った後で、三、四人の葬儀に列したのである。その三、四人の中に社の佐藤[140]君も入っていた。私は佐藤君がある宴会の席で、社から貰った銀盃(ぎんぱい)を持ってきて、私に酒を勧めてくれたことを思い出した。そのとき彼の踊った変な踊りもまだ覚えている。この元気な屈強な人の葬式(とむらい)に行った私は、彼が死んで私が生き残っているのを、別段の不思議とも思わずにいるときの方が多い。しかし折々考えると、自分の生きている方が不自然のような心持にもなる。そうして運命がわざと私を愚弄するのではないかしらと疑いたくなる。

二十三

今私の住んでいる近所に喜久井町[141]という町がある。これは私の生まれた所だから、ほかの人よりもよく知っている。けれども私が家を出て、方々漂浪して帰ってきたときには、その喜久井町がだいぶ広がって、いつの間にか根来[142]の方まで延びていた。

私に縁故の深いこの町の名は、あまり聞き慣れて育ったせいか、ちっとも私の過去を誘い出す懐かしい響きを私に与えてくれない。しかし書斎に独り座って、頬杖を突いたまま、流れを下る舟のように、心を自由に遊ばせておくと、時々私の連想が、喜久井町の四字にぱたりと出会ったなり、そこでしばらく低徊し始めることがある。

この町は江戸といった昔には、多分存在していなかったものらしい。江戸が東京に改まったときか、それともずっと後になってからか、年代はたしかに分からないが、なんでも私の父が拵えたものに相違ないのである。

私の家の定紋[143]が井桁に菊[144]なので、それにちなんだ菊に井戸を使って、喜久井町とし

140 佐藤君　佐藤真一。号は北江。一八六八（明治元）年岩手県生れ。『東京朝日新聞』創刊（一八八八〈明治二一〉年）以来、記者として才腕をふるい、のち、編集長として信望があったが、一九一四（大正三）年一〇月三〇日病死した。141 喜久井町　新宿区喜久井町。142 根来　新宿区弁天町の一部の旧称。江戸時代に根来組（幕府の鉄砲隊の一種）の屋敷があったのでこう呼ばれた。143 定紋　家々で決まっている正式の紋。144 井桁に菊　家紋の一種。下図参照。

たという話は、父自身の口から聴いたのか、または他のものから教わったのか、何しろ今でもまだ私の耳に残っている。父は名主がなくなってから、一時区長という役を勤めていたので、あるいはそんな自由も利いたかもしれないが、それを誇りにした彼の虚栄心を、今になって考えてみると、嫌な心持ちはとくに消え去って、ただ微笑したくなるだけである。

父はまだその上に自宅の前から南へ行く時に是非とも登らなければならない長い坂に、自分の姓の夏目という名をつけた。不幸にしてこれは喜久井町ほど有名にならずに、ただの坂として残っている。しかしこの間、ある人が来て、地図でこの辺の名前を調べたら、夏目坂というのがあったといって話したから、ことによると父の付けた名が今でも役に立っているのかもしれない。

私が早稲田に帰ってきたのは、東京を出てから何年ぶりになるだろう。私は今の住居に移る前、家を探す目的であったか、また遠足の帰り路であったか、久しぶりで偶然私の旧家の横へ出た。そのとき表から二階の古瓦が少し見えたので、まだ生き残っているのかしらと思ったなり、私はそのまま通り過ぎてしまった。

早稲田に移ってから、私はまたその門前を通ってみた。表から覗くと、何だかもとと変わらないような気もしたが、門には思いも寄らない下宿屋の看板が懸かっていた。私は昔の早稲田田圃が見たかった。しかしそこはもう町になっていた。私は根来の茶畑と竹藪を一目眺めたかった。しかしその痕迹（こんせき）はどこにも発見することができなかった。多分この辺だろうと推測した私の見当は、当たっているのか、外れているのか、それさえ不明であった。

私は茫然（ぼうぜん）として佇立（ちょりつ）した。なぜ私の家だけが過去の残骸のごとくに存在しているのだろう。私は心のうちで、早くそれが崩れてしまえばよいのにと思った。

「時」は力であった。去年私が高田[145]の方へ散歩したついでに、何気なくそこを通り過ぎると、私の家は奇麗に取り壊されて、そのあとに新しい下宿屋が建てられつつあった。その傍には質屋もできていた。質屋の前に疎（まば）らな囲いをして、その中に庭木が少し植えてあった。三本の松は、見る影もなく枝を刈り込まれて、ほとんど畸形児（きけいじ）のようになっていたが、どこか見覚えのあるような心持ちを私に起こさせた。昔「影参差[146]（しんし）松三本の月夜かな」と咏（うた）ったのは、あるいはこの松のことではなかったろうかと考え

145 高田　新宿区西早稲田の一部の旧町名。　146 参差　互いに入りまじる様子。あるいは不揃いな様子。

つつ、私はまた家に帰った。

二十四

「そんな所に生い立って、よく今日まで無事にすんだものですね。」

「まあどうかこうか無事にやってきました。」

私たちの使った無事という言葉は、男女の間に起こる恋の波瀾がないという意味で、いわば情事の反対を指したようなものであるが、私の追究心は簡単なこの一句の答えで満足できなかった。

「よく人が言いますね、菓子屋へ奉公すると、いくら甘いものの好きな男でも、菓子が嫌になるって。お彼岸にお萩などを拵えているところをうちで見ていても分かるじゃありませんか、拵えるものは、ただお萩をお重に詰めるだけで、もうげんなりした顔をしているくらいだから。あなたの場合もそんなわけなんですか。」

「そういうわけでもないようです。とにかく二十歳少し過ぎまでは平気でいたのですから。」

その人はある意味において好男子であった。

「たといあなたが平気でいても、相手が平気でいない場合がないとも限らないじゃありませんか。そんな時には、どうしたって誘われがちになるのが当たり前でしょう。」

「今からふり返ってみると、なるほどこういう意味であああいうことをしたのだとか、あんなことを言ったのだとか、いろいろ思い当たることがないでもありません。」

「じゃ全く気がつかずにいたのですね。」

「まあそうです。それからこちらで気のついたのも一つありました。しかし私の心はどうしても、その相手に惹きつけられることができなかったのです。」

私はそれが話の終わりかと思った。二人の前には正月の膳が据えてあった。客は少しも酒を飲まないし、私もほとんど盃に手を触れなかったから、献酬というものは全くなかった。

「それだけで今日まで経過してこられたのですか。」と私は吸い物をすすりながら念のために訊いてみた。すると客は突然こんな話を私にして聞かせた。

「まだ使用人であった頃に、ある女と二年ばかり会っていたことがあります。相手は無論素人ではないのでした。しかしその女はもういないのです。首を縊って死んでしまったのです。年は十九でした。十日ばかり会わないでいるうちに死んでしまったのです。その女にはね、旦那が二人あって、双方が意地ずくで、身受け[147]の金を競り上げにかかったのです。それに双方とも老妓[148]を味方にして、こっちへ来い、あっちへ行くなと義理責めにもしたらしいのです。……」

「あなたはそれを救ってやるわけにいかなかったのですか。」

「当時の私は丁稚[149]の少し毛の生えたようなもので、とてもどうもできないのです。」

「しかしその芸妓はあなたのために死んだのじゃありませんか。」

「さあ……。一度に双方の旦那に義理を立てるわけにいかなかったからかもしれませんが。……しかし私ら二人の間に、どこへも行かないという約束はあったに違いないのです。」

「するとあなたが間接にその女を殺したことになるのかもしれませんね。」

「あるいはそうかもしれません。」

「あなたは寝覚めが悪かありませんか。」

「どうもよくないのです。」

元日に混み合った私の座敷は、二日になって淋しいくらい静かであった。私はその淋しい春の松の内に、こういう憐れな物語を、その年賀の客から聞いたのである。客は真面目な正直な人だったから、それを話すにも、ほとんど艶っぽい言葉を使わなかった。

二十五

私がまだ千駄木[150]にいた頃の話だから、年数にすると、もうだいぶ古いことになる。ある日私は切通し[151]の方へ散歩した帰りに、本郷四丁目[152]の角へ出る代わりに、もう一つ手前の細い通りを北へ曲がった。その曲がり角にはその頃あった牛屋の傍に、寄席の看板がいつでも懸かっていた。

雨の降る日だったので、私は無論傘をさしていた。それが鉄御納戸[153]の八間[154]の深張り

147 身受け　芸者などの抱え主に前借金などを払ってやって、稼業から身をひかせること。148 老妓　年を取った芸者。149 丁稚　商家や職人の家に奉公する少年。150 千駄木　文京区駒込千駄木町。151 切通し　本郷四丁目より東六町ばかりの所にある切通坂。152 本郷四丁目の角　都電本郷三丁目停留所があった交叉点をさす。153 鉄御納戸　緑褐色。154 八間の深張り　八本の骨を深く曲げて布を張ったこうもり傘。

で、上から洩ってくる雫が、自然木の柄を伝わって、私の手を濡らし始めた。人通りの少ないこの小路は、すべての泥を雨で洗い流したように、足駄の歯に引っ懸かる汚ないものはほとんどなかった。それでも上を見れば暗く、下を見れば佗びしかった。始終通りつけているせいでもあろうが、私の周囲には何一つ私の眼を惹くものは見えなかった。そうして私の心はよくこの天気とこの周囲に似ていた。私には私の心を腐蝕するような不愉快な塊が常にあった。私は陰鬱な顔をしながら、ぼんやり雨の降る中を歩いていた。

日蔭町の寄席の前まで来た私は、突然一台の幌俥に出会った。私と俥の間には何の隔りもなかったので、私は遠くからその中に乗っている人の女だということに気がついた。まだセルロイドの窓などのできない時分だから、車上の人は遠くからその白い顔を私に見せていたのである。

私の眼にはその白い顔が大変美しく映った。私は雨の中を歩きながらじっとその人の姿に見惚れていた。同時にこれは芸者だろうという推察が、ほとんど事実のように、私の心に働きかけた。すると俥が私の一間ばかり前へ来たとき、突然私の見ていた美しい人が、丁寧な会釈を私にして通り過ぎた。私は微笑に伴うその挨拶とともに、相手が、大塚楠緒(おおつかくすお)[158]さんであったことに、初めて気がついた。

次に会ったのはそれから幾日目(いくかめ)だったろうか、楠緒さんが私に、「この間は失礼しました。」と言ったので、私は私のありのままを話す気になった。

「実はどこの美しい方かと思って見ていました。芸者じゃないかしらとも考えたのです。」

そのとき楠緒さんがなんと答えたか、私はたしかに覚えていないけれども、楠緒さんはちっとも顔をあからめなかった。それから不愉快な表情も見せなかった。私の言葉をただそのままに受け取ったらしく思われた。

それからずっと経って、ある日楠緒さんがわざわざ早稲田へ訪ねて来てくれたことがある。しかるにあいにく私は妻(さい)と喧嘩(けんか)をしていた。私は嫌な顔をしたまま、書斎にじっと座っていた。楠緒さんは妻と十分ばかり話をして帰って行った。

155 自然木　人工を加えず自然に成長したままの木。156 幌俥　ほろをかけてある人力車。157 セルロイド　プラスチックの一種。［英語］celluloid　158 大塚楠緒　美学者大塚保治夫人、楠緒子。一八七五（明治八）年生まれ。小説家、詩人・歌人。作品に詩「お百度詣」などがある。一九一〇（明治四三）年神奈川県大磯の療養先で死んだ。

幌俥

その日はそれですんだが、ほどなく私は西片町[159]へあやまりに出かけた。

「実は喧嘩をしていたのです。妻も定めて無愛想でしたろう。私はまた苦々しい顔を見せるのも失礼だと思って、わざと引っ込んでいたのです。」

これに対する楠緒さんの挨拶も、今では遠い過去になって、もう呼び出すことのできないほど、記憶の底に沈んでしまった。

楠緒さんが死んだという報知の来たのは、たしか私が胃腸病院にいる頃であった。死去の広告中に、私の名前を使って差し支えないかと電話で問い合わされたことなどもまだ覚えている。私は病院で「ある程の菊投げ入れよ棺の中」という手向の句を楠緒さんのために咏んだ。それを俳句の好きなある男が嬉しがって、わざわざ私に頼んで、短冊に書かせて持っていったのも、もう昔になってしまった。

二十六

益さん[160]がどうしてそんなに零落たものか私にはわからない。何しろ私の知っている益さんは郵便脚夫であった。益さんの弟の庄さんも、家を潰して私の所へ転がり込んで食客[161]になっていたが、これはまだ益さんよりは社会的地位が高かった。子供の時分本町[162]の鰯屋[163]へ奉公に行っていたとき、浜[164]の西洋人がかわいがって、外国へ連れて行くと言ったのを断ったのが、今考えると残念だなどと始終話していた。

二人とも私の母方の従兄に当たる男だったから、その縁故で、益さんは弟に会うため、また私の父に敬意を表するため、月に一遍ぐらいは、牛込の奥まで煎餅の袋などを手土産に持って、よく訪ねてきた。

益さんはそのときなんでも芝の外れか、または品川近くに世帯を持って、一人暮らしの呑気な生活を営んでいたらしいので、うちへ来るとよく泊まっていった。たまに帰ろうとすると、兄たちが寄ってたかって、「帰ると承知しないぞ。」などとおどかしたものである。

当時二番目と三番目の兄は、まだ南校[165]へ通っていた。南校というのは今の高等商業[166]

159 西片町　現在の文京区西片。160 郵便脚夫　郵便集配人。161 食客　他人の家に住み、食事などの世話を受けている人。162 本町　中央区日本橋本町。163 鰯屋　薬局の名。164 浜　横浜。165 南校　江戸末期に創設された洋書調所の発展したもので、一八六三（文久三）年に開成所、一八六九（明治二）年大学南校、一八七一（同四）年南校、一八七三（同六）年開成学校、一八七七（同一〇）年東京帝国大学と改称。166 高等商業学校　当時、神田区一橋通町（現在の千代田区一ツ橋）にあった。のち、東京商科大学、戦後、一橋大学となった。

学校の位置にあって、そこを卒業すると、開成学校すなわち今日（こんにち）の大学へ入る組織（そしょく）になっていたものらしかった。彼らは夜になると、玄関に桐の机を並べて、明日の下読みをする。下読みといったところで、今の書生[167]のやるのとはだいぶ違っていた。グー[168]ドリッチの英国史といったような本を、一節ぐらいずつ読んで、それからそれを机の上へ伏せて、口の内で今読んだ通りを暗誦（あんしょう）するのである。

その下読みが済むと、だんだん益さんが必要になってくる。庄さんもいつの間にかそこへ顔を出す。一番目の兄も、機嫌のよいときは、わざわざ奥から玄関まで出張（でば）ってくる。そうしてみんないっしょになって、益さんにからかい始める。

「益さん、西洋人の所へ手紙を配達することもあるだろう。」

「そりゃ商売だから嫌だって仕方がありません、持って行きますよ。」

「益さんは英語ができるのかね。」

「英語ができるくらいならこんな真似をしちゃいません。」

「しかし郵便ッとかなんとか大きな声を出さなくっちゃならないだろう。」

「そりゃ日本語で間に合いますよ。異人だって、近頃は日本語がわかりますもの。」

「へえ、向こうでもなんとか言うのかね。」

「言いますとも。ペロリの奥さんなんか、あなたよろしいありがとうと、ちゃんと日本語で挨拶をするくらいです。」

みんなは益さんをここまでおびき出しておいて、どっと笑うのである。それからまた「益さんなんて言うんだって、その奥さんは。」と何遍も一つ事を訊いては、いつまでも笑いの種にしようとたくらんでかかる。益さんもしまいには苦笑いをして、とうとう「あなたよろしい。」をやめにしてしまう。すると今度は「じゃ益さん、野中の一本杉をやってごらんよ。」と誰かが言い出す。

「やれったって、そうおいそれとやれるもんじゃありません。」

「まあよいから、おやりよ。いよいよ野中の一本杉の所まで参りますと……。」

益さんはそれでもにやにやして応じない。私はとうとう益さんの野中の一本杉というものを聴かずにしまった。今考えると、それは何でも講釈か人情噺[169]の一節じゃな

167 書生　勉学中の若者。学生。　168 グードリッチ　Samuel Griswold Goodrich 一七九三—一八六〇年。アメリカの著述家 Peter Parley というペン・ネームで地理・伝記・歴史・科学などにわたって少年向きの読み物を書いた。日本でも明治時代に『パーレーの万国史』などが広く読まれた。　169 人情噺　世態・人情を題材とした落語の一種。終わりを落ちで結ばないもの。

いかしらと思う。

私の成人する頃には益さんももうちへ来なくなった。おおかた死んだのだろう。生きていれば何か消息(たより)のあるはずである。しかし死んだにしても、いつ死んだのか私は知らない。

二十七

私は芝居というものにあまり親しみがない。ことに旧劇[170]はわからない。これは古来からその方面で発達してきた演芸上の約束を知らないので、舞台の上に開展[171]される特別の世界に、同化する能力が私に欠けているためだとも思う。しかしそればかりではない。私が旧劇を見て、最も異様に感ずるのは、役者が自然と不自然の間を、どっちつかずにぶらぶら歩いていることである。それが私に、中腰といったような落ちつけない心持ちを引き起こさせるのもおそらく理の当然なのだろう。

しかし舞台の上に子供などが出てきて、甲の高い声で、憐れっぽいことなどを言うときには、いかな私でも知らず知らず眼に涙が滲(にじ)み出る。そうしてすぐ、ああ騙(だま)されたなと後悔する。なぜあんなに安っぽい涙を零したのだろうと思う。

「どう考えても騙されて泣くのは嫌だ。」と私はある人に告げた。芝居好きのその相手は、「それが先生の常態なのでしょう。平生涙を控え目にしているのは、かえってあなたのよそゆきじゃありませんか。」と注意した。

私はその説に不服だったので、いろいろの方面から向こうを納得させようとしているうちに、話題がいつか絵画の方に滑っていった。その男はこの間参考品として美術[172]協会に出た若冲[173]の御物を大変に嬉しがって、その評論をどこかの雑誌に載せるとかいう噂であった。私はまたあの鶏の図がすこぶる気に入らなかったので、ここでも芝居と同じような議論が二人の間に起こった。

「いったい君に画を論ずる資格はないはずだ。」と私はついに彼を罵倒した。するとこの一言が本になって、彼は芸術一元論を主張し出した。彼の主意をかいつまんで言

170 旧劇　歌舞伎をさす。171 開展　「展開」と同じ。172 美術協会　一八七八（明治一一）年に創設の美術品評会が発展した団体で、一八八七（明治二〇）年日本美術協会と改称、年三回上野公園竹の台陳列館で展覧会を催した。173 若冲　一七一六（正徳六）年―一八〇〇（寛政一二）年。姓は伊藤。江戸中期の画家。特に鶏の絵が得意で、ここにいう御物とは「群鶏図」をさす。

うと、すべての芸術は同じ源から湧いて出るのだから、その内の一つさえうんと腹に入れておけば、他は自ずから解し得られる理屈だというのである。座にいる人のうちで、彼に同意するものも少なくなかった。

「じゃ小説を作れば、自然柔道もうまくなるかい。」と私が冗談半分に言った。

「柔道は芸術じゃありませんよ。」と相手も笑いながら答えた。

芸術は平等観から出立するのではない。よしそこから出立するにしても、差別観に入って初めて、花が咲くのだから、それを本来の昔へ返せば、絵も彫刻も文章も、すっかり無に帰してしまう。そこになんで共通のものがあろう。たといあったにしたところで、実際の役には立たない。彼我共通の具体的のものなどの発見もできるはずがない。

こういうのがそのときの私の論旨であった。そうしてその論旨はけっして充分なものではなかった。もっと先方の主張を取り入れて、周到な解釈を下してやる余地はいくらでもあったのである。

しかしそのとき座にいた一人が、突然私の議論を引き受けて相手に向かい出したので、私も面倒だからついそのままにしておいた。けれども私の代わりになったその男というのはだいぶ酔っていた。それで芸術がどうだの、文芸がどうだのと、しきりに弁ずるけれども、あまり要領を得たことは言わなかった。言葉遣いさえ少しへべれけであった。初めのうちは面白がって笑っていた人たちも、ついには黙ってしまった。「じゃ絶交しよう。」などと酔った男がしまいに言い出した。私は「絶交するなら外でやってくれ、ここでは迷惑だから。」と注意した。「じゃ外へ出て絶交しようか。」と酔った男が相手に相談を持ちかけたが、相手が動かないので、とうとうそれぎりになってしまった。

これは今年の元日の出来事である。酔った男はそれからちょいちょい来るが、そのときの喧嘩については一口も言わない。

二十八

ある人が私の家の猫を見て、「これは何代目の猫ですか。」と訊いたとき、私は何気なく「二代目です。」と答えたが、あとで考えると、二代目はもう通り越して、その実三代目になっていた。

初代[174]は宿なしであったにかかわらず、ある意味からして、だいぶ有名になったが、それに引きかえて、二代目の生涯は、主人にさえ忘れられるくらい、短命だった。私は誰がそれをどこから貰ってきたかよく知らない。しかし手のひらに載せれば載せられるような小さいかっこうをして、彼がそこいら中這(は)い回っていた当時を、私はまだ記憶している。この可憐(かれん)な動物は、ある朝家のものが床をあげるとき、誤って上から踏み殺してしまった。ぐうという声がしたので、布団の下に潜り込んでいる彼をすぐ引き出して、相当の手当てをしたが、もう間に合わなかった。彼はそれから一日二日(いちんちふつか)してついに死んでしまった。その後へ来たのがすなわち真っ黒な今の猫である。

私はこの黒猫をかわいがってもいない。猫の方でもうち中のそのそ歩き回るだけで、別に私の傍へ寄りつこうという好意を現したことがない。

あるとき彼は台所の戸棚へ入って、鍋の中へ落ちた。その鍋の中には胡麻(ごま)の油がいっぱいあったので、彼の身体はコスメチック[175]でも塗りつけたように光り始めた。彼はその光る身体で私の原稿紙の上に寝たものだから、油がずっと下まで滲(し)み通って私をずいぶんな目に遭わせた。

去年私の病気をする少し前に、彼は突然皮膚病に罹った。顔から額へかけて、毛がだんだん抜けてくる。それをしきりに爪で掻くものだから、瘡蓋（かさぶた）がぼろぼろ落ちて、痕（あと）が赤裸になる。私はある日食事中この見苦しい様子を眺めて嫌な顔をした。

「ああ瘡蓋をこぼして、もし子供にでも伝染するといけないから、病院へ連れて行って早く療治をしてやるがいい。」

私は家のものにこういったが、腹の中では、ことによると病気だから全治しまいとも思った。昔私の知っている西洋人が、ある伯爵からよい犬を貰ってかわいがっていたところ、いつかこんな皮膚病に悩まされ出したので、気の毒だからといって、医者に頼んで殺して貰ったことを、私はよく覚えていたのである。

「クロロフォーム[176]か何かで殺してやった方が、かえって苦痛がなくって幸せだろう。」

私は三、四度同じ言葉を繰り返してみたが、猫がまだ私の思う通りにならないうちに、自分の方が病気でどっと寝てしまった。その間私はついに彼を見る機会をもたなかった。自分の苦痛が直接自分を支配するせいか、彼の病気を考える余裕さえ出なかった。

174　初代『吾輩は猫である』のモデルになった猫をさす。175　コスメチック　頭髪などに塗って形を整える化粧品の一種。［英語］cosmetic　176　クロロフォーム　クロロホルム。アルコールに水とさらし粉とをまぜ、蒸留して得た液体。窒息性の臭気があり麻酔作用がある。［ドイツ語］chloroform

った。

十月に入って、私はようやく起きた。そうして例のごとく黒い彼を見た。すると不思議なことに、彼の醜い赤裸の皮膚にもとのような黒い毛が生えかかっていた。

「おや癒るのかしら。」

私は退屈な病後の眼を絶えず彼の上に注いでいた。すると私の衰弱がだんだん回復するにつれて、彼の毛もだんだん濃くなってきた。それが平生の通りになると、今度は以前より肥え始めた。

私は自分の病気の経過と彼の病気の経過とを比較してみて、時々そこに何かの因縁があるような暗示を受ける。そうしてすぐその後から馬鹿らしいと思って微笑する。猫の方ではただにやにや鳴くばかりだから、どんな心持ちでいるのか私にはまるでわからない。

二十九

私は両親の晩年になってできたいわゆる末ッ子である。私を生んだとき、母はこんな年齢(とし)をして懐妊するのは面目ないと言ったとかいう話が、今でも折々は繰り返されている。

単にそのためばかりでもあるまいが、私の両親は私が生まれ落ちると間もなく、私を里[177]にやってしまった。その里というのは、無論私の記憶に残っているはずがないけれども、成人の後聞いてみると、なんでも古道具の売買を渡世にしていた貧しい夫婦ものであったらしい。

私はその道具屋のがらくたといっしょに、小さい笊(ざる)の中に入れられて、毎晩四谷(よつや)の大通りの夜店にさらされていたのである。それをある晩私の姉が何かのついでにそこを通りかかったとき見つけて、かわいそうとでも思ったのだろう、懐へ入れてうちへ連れてきたが、私はその夜どうしても寝つかずに、とうとう一晩中泣き続けに泣いたとかいうので、姉は大いに父から叱られたそうである。

私はいつ頃その里から取り戻されたか知らない。しかしじきまたある家へ養子にやられた。それはたしか私の四つの歳であったように思う。私は物心のつく八、九歳ま

177 里　里子。他人に預けて育ててもらう子のこと。

でそこで成長したが、やがて養家に妙なごたごたが起こったため、再び実家へ戻るような仕儀となった。

浅草から牛込へ[178]移された私は、生まれた家へ帰ったとは気がつかずに、自分の両親をもと通り祖父母とのみ思っていた。そうして相変わらず彼らをお爺さん、お婆さんと呼んで毫も怪しまなかった。向こうでも急に今までの習慣を改めるのが変だと考えたものか、私にそう呼ばれながら澄ました顔をしていた。

私は普通の末ッ子のようにけっして両親からかわいがられなかった。これは私の性質が素直でなかったためだの、久しく両親に遠ざかっていたためだの、いろいろの原因から来ていた。とくに父からはむしろ苛酷に取り扱われたという記憶がまだ私の頭に残っている。それだのに浅草から牛込へ移された当時の私は、なぜか非常に嬉しかった。そうしてその嬉しさが誰の目にもつくくらいに著しく外へ現れた。

馬鹿な私は、本当の両親を爺婆（じいばば）とのみ思い込んで、どのくらいの月日を空（くう）に暮らしたものだろう、それを訊かれるとまるで分からないが、なんでもある夜こんなことがあった。

私がひとり座敷に寝ていると、枕元の所で小さな声を出して、しきりに私の名を呼ぶものがある。私は驚いて眼を覚ましたが、周囲(あたり)が真っ暗なので、誰がそこに蹲踞(うずくま)っているのか、ちょっと判断がつかなかった。けれども私は子供だからただじっとして先方の言うことだけを聞いていた。すると聞いているうちに、それが私の家の下女の声であることに気がついた。下女は暗い中で私に耳語(みみこすり)[179]をするようにこういうのである。

「あなたがお爺さんお婆さんだと思っていらっしゃる方は、本当はあなたのお父(とっ)さんとおっ母(か)さんなのですよ。さっきね、おおかたそのせいであんなにこっちのうちが好きなんだろう、妙なものだな、と言って二人で話していらしったのを私が聞いたから、そっとあなたに教えてあげるんですよ。誰にも話しちゃいけませんよ。よござんすか。」

私はそのときただ「誰にも言わないよ。」と言ったぎりだったが、心の中(うち)では大変嬉しかった。そうしてその嬉しさは事実を教えてくれたからの嬉しさではなくって、単に下女が私に親切だったからの嬉しさであった。不思議にも私はそれほど嬉しく思

178 牛込　現在の新宿区北部の地域。
179 耳語　人の耳元でささやくこと。ないしょ話。

った下女の名も顔もまるで忘れてしまった。覚えているのはただその人の親切だけである。

三十

私がこうして書斎に座っていると、来る人の多くが「もうお病気はすっかりお癒りですか。」と尋ねてくれる。私は何度も同じ質問を受けながら、何度も返答に躊躇した。そうしてその極いつでも同じ言葉を繰り返すようになった。それは「ええまあどうかこうか生きています。」という変な挨拶に異ならなかった。

どうかこうか生きている。——私はこの一句を久しい間使用した。しかし使用するごとに、なんだか不穏当な心持ちがするので、自分でも実はやめられるならばと思って考えてみたが、私の健康状態を言い現すべき適当な言葉は、他にどうしても見つからなかった。

ある日T君が来たから、この話をして、癒ったとも言えず、癒らないとも言えず、なんと答えてよいか分からないと語ったら、T君はすぐ私にこんな返事をした。

「そりゃ癒ったとは言われませんね。そう時々再発するようじゃ。まあもとの病気の継続なんでしょう。」

この継続という言葉を聞いたとき、私はよいことを教えられたような気がした。それから以後は、「どうかこうか生きています。」という挨拶をやめて、「病気はまだ継続中です。」と改めた。そうしてその継続の意味を説明する場合には、必ず欧州の大乱を引き合いに出した。

「私はちょうどドイツが聯合軍と戦争をしているように、病気と戦争をしているのです。今こうやってあなたと対座していられるのは、天下が太平になったからではないので、塹壕の中に入って、病気と睨めっくらをしているからです。私の身体は乱世です。いつどんな変が起こらないとも限りません。」

ある人は私の説明を聞いて、面白そうにははと笑った。ある人は黙っていた。またある人は気の毒らしい顔をした。

客の帰ったあとで私はまた考えた。――継続中のものはおそらく私の病気ばかりではないだろう。私の説明を聞いて、冗談だと思って笑う人、わからないで黙っている人、同情の念に駆られて気の毒らしい顔をする人、――すべてこれらの人の心の奥には、私の知らない、また自分たちさえ気のつかない、継続中のものがいくらでも潜んでいるのではなかろうか。もし彼らの胸に響くような大きな音で、それが一度に破裂したら、彼らははたしてどう思うだろう。彼らの記憶はそのときもはや彼らに向かって何物をも語らないだろう。過去の自覚はとくに消えてしまっているだろう。今と昔とまたその昔の間に何らの因果を認めることのできない彼らは、そういう結果に陥ったとき、なんと自分を解釈してみる気だろう。所詮我々は自分で夢の間に製造した爆裂弾を、思い思いに抱きながら、一人残らず、死という遠い所へ、談笑しつつ歩いて行くのではなかろうか。ただどんなものを抱いているのか、ひとも知らず自分も知らないので、幸せなんだろう。

私は私の病気が継続であるということに気がついたとき、欧州の戦争もおそらくいつの世からかの継続だろうと考えた。けれども、それがどこからどう始まって、どう曲折して行くかの問題になると全く無知識なので、継続という言葉を解しない一般の人を、私はかえってうらやましく思っている。

三十一

私がまだ小学校に行っていた時分に、喜[180]いちゃんという仲のよい友達があった。喜いちゃんは当時中町[181]の叔父さんのうちにいたので、そう道程の近くない私の所からは、毎日会いに行くことが出来にくかった。私はおもに自分の方から出かけないで、喜いちゃんの来るのをうちで待っていた。喜いちゃんはいくら私が行かないでも、きっと向こうから来るにきまっていた。そうしてその来る所は、私の家の長屋を借りて、紙や筆を売る松さんのもとであった。

喜いちゃんには父母がないようだったが、子供の私には、それがいっこう不思議とも思われなかった。おそらく訊いてみたこともなかったろう。したがって喜いちゃんがなぜ松さんの所へ来るのか、そのわけさえも知らずにいた。これはずっと後で聞い

180　喜いちゃん　桑原喜市。牛込区（現在の新宿区）柳町市ヶ谷小学校での漱石の友達。181　中町　新宿区中町。新宿区の北東部に位置する。

た話であるが、この喜いちゃんのお父さんというのは、昔銀座の役人か何かをしていたとき、贋金(にせがね)を造ったとかいう嫌疑を受けて、入牢(じゅろう)したまま死んでしまったのだという。それであとに取り残された細君が、喜いちゃんを先夫の家へ置いたなり、松さんの所へ再縁したのだから、喜いちゃんが時々生みの母に会いに来るのは当たり前の話であった。

なんにも知らない私は、この事情を聞いたときですら、別段変な感じも起こさなかったくらいだから、喜いちゃんとふざけまわって遊ぶ頃に、彼の境遇などを考えたことはただの一度もなかった。

喜いちゃんも私も漢学が好きだったので、わかりもしない癖に、よく文章の議論などをして面白がった。彼はどこから聴いてくるのか、調べてくるのか、よくむずかしい漢籍の名前などを挙げて、私を驚かすことが多かった。

彼はある日私の部屋同様になっている玄関に上がり込んで、懐から二冊つづきの書物を出して見せた。それはたしかに写本であった。しかも漢文で綴(つづ)ってあったように思う。私は喜いちゃんから、その書物を受け取って、無意味にそこここをひっくり返して見ていた。実は何がなんだか私にはさっぱりわからなかったのである。しかし喜いちゃんは、それを知ってるかなどと露骨なことをいう性質(たち)ではなかった。

「これは太田南畝[183](おおたなんぽ)の自筆なんだがね。僕の友達がそれを売りたいというので君に見せに来たんだが、買ってやらないか。」

私は太田南畝という人を知らなかった。

「太田南畝っていったいなんだい。」

「蜀山人(しょくさんじん)のことさ。有名な蜀山人さ。」

無学な私は蜀山人という名前さえまだ知らなかった。しかし喜いちゃんにそう言われてみると、なんだか貴重の書物らしい気がした。

「いくらなら売るのかい。」と訊いてみた。

「五十銭に売りたいと言うんだがね。どうだろう。」

私は考えた。そうして何しろ値切ってみるのが上策だと思いついた。

「二十五銭なら買ってもよい。」

182 銀座　江戸幕府の銀貨鋳造発行所。駿府（静岡市）にあったが、一六一二（慶長一七）年江戸尾張町に移転、一八六九（明治二）年造幣局設置とともに廃止された。183 太田南畝　一七四九（寛延二）―一八二三（文政六）年。江戸後期の狂歌人・小説家・随筆家。通称は直次郎、号は南畝・蜀山人・四方赤良(よものあから)など。

「それじゃ二十五銭でも構わないから、買ってやりたまえ。」

喜いちゃんはこう言いつつ私から二十五銭受け取っておいて、またしきりにその本の効能を述べ立てた。私には無論その書物がわからないのだから、それほど嬉しくもなかったけれども、何しろ損はしないだろうというだけの満足はあった。私はその夜南畝莠言(なんぽしゆうげん)[184]——たしかそんな名前だと記憶しているが、それを机の上に載せて寝た。

三十二

翌日(あくるひ)になると、喜いちゃんがまたぶらりとやって来た。

「君昨日買って貰った本のことだがね。」

喜いちゃんはそれだけ言って、私の顔を見ながらぐずぐずしている。私は机の上に載せてあった書物に眼を注いだ。

「あの本かい。あの本がどうかしたのかい。」

「実はあすこのうちの阿爺(おやじ)に知れたものだから、阿爺が大変怒ってね。どうか返して貰ってきてくれって僕に頼むんだよ。僕も一遍君に渡したもんだから嫌だったけれども仕方がないからまた来たのさ。」

「本を取りにかい。」

「取りにってわけでもないけれども、もし君の方で差し支えがないなら、返してやってくれないか。何しろ二十五銭じゃ安過ぎるっていうんだから。」

この最後の一言（いちごん）で、私は今まで安く買い得たという満足の裏に、ぼんやり潜んでいた不快、――不善の行為から起る不快――をはっきり自覚し始めた。そうして一方ではずるい私を怒ると共に、一方では二十五銭で売った先方を怒った。どうしてこの二つの怒りを同時に和らげたものだろう。私は苦い顔をしてしばらく黙っていた。

私のこの心理状態は、今の私が子供のときの自分を回顧して解剖するのだから、比較的明瞭に描き出されるようなものの、その場合の私にはほとんどわからなかった。私さえただ苦い顔をしたという結果だけしか自覚し得なかったのだから、相手の喜いちゃんには無論それ以上わかるはずがなかった。括弧の中でいうべきことかもしれな

184 南畝莠言　太田南畝の随筆集。二巻。一八一七（文化一四）年刊。風俗・調度・文学・逸話など百般につき、古書などからの抄録に感想を書き加えたもの。

いが、年齢を取った今日(こんにち)でも、私にはよくこんな現象が起こってくる。それでよくひとから誤解される。

喜いちゃんは私の顔を見て、「二十五銭では本当に安過ぎるんだとさ。」と言った。

私はいきなり机の上に載せておいた書物を取って、喜いちゃんの前に突き出した。

「じゃ返そう。」

「どうも失敬した。何しろ安公(やすこう)の持ってるものでないんだから仕方がない。阿爺のうちに昔からあったやつを、そっと売って小遣いにしようっていうんだからね。」

私はぷりぷりしてなんとも答えなかった。喜いちゃんは懐から二十五銭出して私の前へ置きかけたが、私はそれに手を触れようともしなかった。

「その金なら取らないよ。」

「なぜ。」

「なぜでも取らない。」

「そうか。しかしつまらないじゃないか、ただ本だけ返すのは。本を返すくらいなら二十五銭も取りたまいな。」

私はたまらなくなった。

「本は僕のものだよ。いったん買った以上は僕のものにきまってるじゃないか。」

「そりゃそうに違いない。違いないが向こうのうちでも困ってるんだから。」

「だから返すと言ってるじゃないか。だけど僕は金を取るわけがないんだ。」

「そんなわからないことを言わずに、まあ取っておきたまいな。」

「僕はやるんだよ。僕の本だけども、欲しければやろうというんだよ。やるんだから本だけ持ってったらいいじゃないか。」

「そうかそんなら、そうしよう。」

喜いちゃんは、とうとう本だけ持って帰った。そうして私は何の意味なしに二十五銭の小遣いを取られてしまったのである。

三十三

世の中に住む人間の一人（いちにん）として、私は全く孤立して生存するわけにいかない。自然ひとと交渉の必要がどこからか起こってくる。時候の挨拶、用談、それからもっと込み入った懸け合い——これらから脱却することは、いかに枯淡な生活を送っている私にもむずかしいのである。
私はなんでもひとのいうことを真に受けて、すべて正面から彼らの言語動作を解釈すべきものだろうか。もし私が持って生まれたこの単純な性情に自己を託して顧みないとすると、時々飛んでもない人から騙されることがあるだろう。その結果陰で馬鹿にされたり、ひやかされたりする。極端な場合には、自分の面前でさえ忍ぶべからざる侮辱を受けないとも限らない。

それでは他はみな擦れ枯らしの嘘つきばかりと思って、始めから相手の言葉に耳も貸さず、心も傾けず、あるときはその裏面に潜んでいるらしい反対の意味だけを胸に収めて、それで賢い人だと自分を批評し、またそこに安住の地を見出し得るだろうか。そうすると私は人を誤解しないとも限らない。その上恐るべき過失を犯す覚悟を、初手から仮定して、かからなければならない。あるときは必然の結果として、罪のないひとを侮辱するくらいの厚顔を準備しておかなければ、事が困難になる。

もし私の態度をこの両面のどっちかに片づけようとすると、私の心にまた一種の苦悶が起こる。私は悪い人を信じたくない。それからまた善い人を少しでも傷つけたくない。そうして私の前に現れてくる人は、ことごとく悪人でもなければ、またみんな善人とも思えない。すると私の態度も相手しだいでいろいろに変わっていかなければならないのである。

この変化は誰にでも必要で、また誰でも実行していることだろうと思うが、それがはたして相手にぴたりと合って寸分間違いのない微妙な特殊な線の上をあぶなげもなく歩いているだろうか。私の大いなる疑問は常にそこにわだかまっている。

私の僻み(ひが)を別にして、私は過去において、多くの人から馬鹿にされたという苦い記憶をもっている。同時に、先方の言うことやすることを、わざと平たく取らずに、暗にその人の品性に恥を搔かしたと同じような解釈をした経験もたくさんありはしまいかと思う。

ひとに対する私の態度はまず今までの私の経験から来る。それから前後の関係とまわりの状況から出る。最後に、曖昧な言葉ではあるが、私が天から授かった直覚が何分か働く。そうして、相手に馬鹿にされたり、また相手を馬鹿にしたり、稀(まれ)には相手に彼相当な待遇を与えたりしている。

しかし今までの経験というものは、広いようで、その実はなはだ狭い。ある社会の一部分で、何度となく繰り返された経験を、他の一部分へ持っていくと、まるで通用しないことが多い。前後の関係とかまわりの状況とか言ったところで、千差万別なのだから、その応用の区域が限られているばかりか、その実千差万別に思慮を廻らさなければ役に立たなくなる。しかもそれを廻らす時間も、材料も充分給与されていない場合が多い。

それで私はともすると事実あるのだか、またないのだかわからない、きわめてあやふやな自分の直覚というものを主位に置いて、ひとを判断したくなる。そうして私の直覚がはたして当たったか当たらないか、要するに客観的事実によって、それをたしかめる機会をもたないことが多い。そこにまた私の疑いが始終靄のようにかかって、私の心を苦しめている。

もし世の中に全知全能の神があるならば、私はその神の前に跪ずいて、私に毫髪[185]の疑いを挟む余地もないほど明らかな直覚を与えて、私をこの苦悶から解脱せしめんことを祈る。でなければ、この不明な私の前に出てくるすべての人を、玲瓏透徹[186]な正直なものに変化して、私とその人との魂がぴたりと合うような幸福を授けたまわんことを祈る。今の私は馬鹿で人に騙されるか、あるいは疑い深くて人を容れることができないか、この両方だけしかないような気がする。不安で、不透明で、不愉快に充ちている。もしそれが生涯つづくとするならば、人間とはどんなに不幸なものだろう。

三十四

私が大学にいる頃[187]教えたある文学士が来て、「先生はこの間高等工業で講演[188]をなすったそうですね。」というから、「ああやった。」と答えると、その男が「なんでもわからなかったようですよ。」と教えてくれた。

それまで自分の言ったことについて、その方面の掛念をまるでもっていなかった私は、彼の言葉を聞くとひとしく、意外の感に打たれた。

「君はどうしてそんなことを知ってるの。」

この疑問に対する彼の説明は簡単であった。親戚だか知人だか知らないが、何しろ彼に関係のあるある家の青年が、その学校に通っていて、当日私の講演を聴いた結果

185 毫髪　わずかなこと。186 玲瓏　透明なさま。187 大学にいる頃　漱石は一九〇三（明治三六）年四月から四年間東京帝国大学英文科の講師であった。188 講演　一九一四（大正三）年一月一七日、浅草蔵前の東京高等工業学校で「無題」と題して講演したのをさすのであろう。

を、なんだかわからないという言葉で彼に告げたのである。

「いったいどんなことを講演なすったのですか。」

私は席上で、彼のためにまたその講演の梗概を繰り返した。

「別にむずかしいとも思えないことだろう君。どうしてそれがわからないかしら。」

「わからないでしょう。どうせわかりゃしません。」

私には断乎たるこの返事がいかにも不思議に聞こえた。しかしそれよりもなお強く私の胸を打ったのは、止せばよかったという後悔の念であった。自白すると、私はこの学校から何度となく講演を依頼されて、何度となく断ったのである。だからそれを最後に引き受けた時の私の腹には、どうかしてそこに集まる聴衆に、相当の利益を与えたいという希望があった。その希望が、「どうせわかりゃしません。」という簡単な彼の一言で、みごとに粉砕されてしまってみると、私はわざわざ浅草[189]まで行く必要がなかったのだと、自分を考えないわけにいかなかった。

これはもう一、二年前の古い話であるが去年の秋またある学校で、どうしても講演[190]をやらなければ義理が悪いことになって、ついにそこへ行ったとき、私はふと私を後悔させた前年を思い出した。それに私の論じたそのときの題目が、若い聴衆の誤解を招きやすい内容を含んでいたので、私は演壇を下りる間際にこう言った。——「多分誤解はないつもりですが、もし私の今お話ししたうちに、はっきりしないところがあるなら、どうぞ私宅まで来てください。できるだけあなたがたに御納得のいくように説明してあげるつもりですから。」

私のこの言葉が、どんな風に反響をもたらすだろうかという予期は、当時の私にはほとんど無かったように思う。しかしそれから四、五日経って、三人の青年が私の書斎に入ってきたのは事実である。そのうちの二人は電話で私の都合を聞き合わせた。一人は丁寧な手紙を書いて、面会の時間を拵えてくれと注文してきた。

私は快くそれらの青年に接した。そうして彼らの来意を確かめた。一人の方は私の予想通り、私の講演についての筋道の質問であったが、残る二人の方は、案外にも彼らの友人がその家庭に対して採るべき方針についての疑義を私に訊こうとした。したがってこれは私の講演を、どう実社会に応用してよいかという彼らの目前に逼(せま)った問

189　浅草　東京高等工業学校は当時浅草蔵前にあった。　190　講演　一九一四（大正三）年一一月二五日、学習院で行った講演「私の個人主義」（付録参照）をさす。

題を持ってきたのである。

私はこれら三人のために、私の言うべきことを言い、説明すべきことを説明したつもりである。それが彼らにどれほどの利益を与えたか、結果からいうとこの私にも分からない。しかしそれだけにしたところで私には満足なのである。「あなたの講演はわからなかったそうです。」と言われたときよりも遥かに満足なのである。

〔この稿が新聞に出た二、三日あとで、私は高等工業の学生から四、五通の手紙を受け取った。その人々はみんな私の講演を聴いたものばかりで、いずれも私がここで述べた失望を打ち消すような事実を、反証として書いてきてくれたのである。だからその手紙はみな好意に充ちていた。なぜ一学生の言ったことを、聴衆全体の意見として速断するかなどという詰問的のものは一つもなかった。それで私はここに一言を付加して、私の不明を謝し、併せて私の誤解を正してくれた人々の親切をありがたく思う旨を公にするのである。〕

三十五

私は子供の時分よく日本橋の瀬戸物町にある伊勢本という寄席へ講釈を聴きに行った。今の三越の向こう側にいつでも昼席の看板がかかっていて、その角を曲がると、寄席はつい小半町[191]行くか行かない右手にあったのである。

この席は夜になると、色物[192]だけしかかけないので、私は昼よりほかに足を踏み込んだことがなかったけれども、席数からいうと一番多く通った所のように思われる。当時私のいた家は無論高田の馬場の下ではなかった。しかしいくら地理の便がよかったからといって、どうしてあんなに講釈を聴きに行く時間が私にあったものか、今考えるとむしろ不思議なくらいである。

これも今からふり返って遠い過去を眺めるせいでもあろうが、そこは寄席としてはむしろ上品な気分を客に起こさせるようにできていた。高座[193]の右側には帳場格子[194]のような仕切りを二方に立て回して、その中に常連の席が設けてあった。それから高座の後ろが縁側で、その先がまた庭になっていた。庭には梅の古木が斜めに井桁[195]の上に突

191 小半町　一町の四分の一。一町は約一〇九・一メートル。192 色物　講談などに対して、落語、踊り、奇術などをいう。193 高座　寄席の舞台。194 帳場格子　商店などで、帳場の周りを囲う衝立格子。195 井桁　木で「井」の形に組んだ井戸。

き出たりして、窮屈な感じのしないほどの大空が、縁から仰がれるくらいに余分の地面を取り込んでいた。その庭を東に受けて離れ座敷のような建物も見えた。

　帳場格子のうちにいる連中は、時間が余って使い切れない裕福な人たちなのだから、みんな相応な服装(なり)をして、時々呑気そうに袂から毛抜きなどを出して根気よく鼻毛を抜いていた。そんな長閑(のどか)な日には、庭の梅の樹に鶯(うぐいす)が来て啼(な)くような気持ちもした。

　中入(なかいり)[196]になると、菓子を箱入りのまま茶を売る男が客の間へ配って歩くのがこの席の習慣になっていた。箱は浅い長方形のもので、まず誰でも欲しいと思う人の手の届く所に一つといった風に都合よく置かれるのである。菓子の数は一箱に十ぐらいの割だったかと思うが、それを食べたいだけ食べて、後からその代価を箱の中に入れるのが無言の規約になっていた。私はその頃この習慣を珍しいもののように興がって眺めていたが、今となってみると、こうした鷹揚(おうよう)で呑気な気分は、どこの人寄せ場へ行っても、もう味わうことができまいと思うと、それがまた何となく懐かしい。

　私はそんなおっとりと物寂(ものさ)びた空気の中で、古めかしい講釈というものをいろいろの人から聴いたのである。その中には、すとこ、のんのん、ずいずい、などという妙な言葉を使う男もいた。これは田辺南龍(たなべなんりゅう)[197]といって、もとはどこかの下足番であったとかいう話である。そのすととこ、のんのん、ずいずいははなはだ有名なものであったが、その意味を理解するものは一人もなかった。彼はただそれを軍勢の押し寄せる形容詞として用いていたらしいのである。

この南龍はとっくの昔に死んでしまった。そのほかのものもたいていは死んでしまった。その後の様子をまるで知らない私には、その時分私を喜ばせてくれた人のうちで生きているものがはたして何人あるのだか全く分からなかった。

ところがいつか美音会[198]の忘年会のあったとき、その番組を見たら、吉原の幇間（だいこもち）[199]の茶番[200]だのなんだのが並べて書いてあるうちに、私はたった一人の当時の旧友を見出した。私は新富座[201]へ行って、その人を見た。またその声を聞いた。そうして彼の顔も咽喉も昔とちっとも変わっていないのに驚いた。彼の講釈も全く昔の通りであった。進歩も

196 **中入** 相撲その他の興行の休憩時間のこと。197 **田辺南龍** 二代目田辺南龍。講釈師。一八八四（明治一七）年没。198 **美音会** 田中正平（音楽学、物理学者、理学博士）の主唱で、古典邦楽に西洋音楽を取り入れて演奏した会。第一回公演を一九〇七（明治四〇）年新橋演舞場で開催し、漱石はしばしば聞きに行っている。199 **幇間** 宴席などで客の機嫌をとり、座を盛り立てるのを職業とする男性。200 **茶番** 滑稽な寸劇。201 **新富座** 関東大震災（一九二三（大正一二）年）まで京橋区（現在の中央区）新富町にあった劇場。一八七二（明治五）年、守田勘弥（十三代目）が創設した守田座が一八七五（明治八）年に改称したもの。

しない代わりに、退歩もしていなかった。二十世紀のこの急激な変化を、自分と自分の周囲におそろしく意識しつつあった私は、彼の前に座りながら、絶えず彼と私とを、心のうちで比較して一種の黙想に耽っていた。

　彼というのは馬琴のことで、昔伊勢本で南龍の中入前をつとめていた頃には、琴凌と呼ばれた若手だったのである。

三十六

　私の長兄はまだ大学とならない前の開成校にいたのだが、肺を患って中途で退学してしまった。私とはだいぶ年齢が違うので、兄弟としての親しみよりも、大人対子供としての関係の方が、深く私の頭に浸み込んでいる。ことに怒られたときはそうした感じが強く私を刺激したように思う。

　兄は色の白い鼻筋の通った美しい男であった。しかし顔だちからいっても、表情から見ても、どこかに峻しい相をそなえていて、むやみに近寄れないといった風の逼った心持ちをひとに与えた。

兄の在学中には、まだ地方から出て来た貢進生[203]などのいる頃だったので、今の青年には想像のできないような気風が校内のそこここに残っていたらしい。兄はある上級生に艶書をつけられたといって、私に話したことがある。その上級生というのは、兄などよりもずっと年齢上の男であったらしい。こんな習慣の行われない東京で育った彼は、はたしてその文をどう始末したものだろう。兄はそれ以後学校の風呂でその男と顔を見合わせるたびに、きまりの悪い思いをして困ったと言っていた。

学校を出た頃の彼は、非常に四角四面で、始終堅苦しく構えていたから、父や母も多少彼に気をおく様子が見えた。その上病気のせいでもあろうが、常に陰気臭い顔をして、うちにばかり引っ込んでいた。

それがいつとなく融けてきて、人柄が自ずと柔らかになったと思うと、彼はよく古[204]渡唐桟の着物に角帯などを締めて、夕方からうちを外にし始めた。時々は紫色で亀甲

202 **馬琴**　四代目宝井馬琴。一八五二（嘉永五）―一九二八（昭和三）年。講談家。本名は小金井三次郎。一二歳でデビュー、はじめ慶豊と称し、のち、父の名をついで琴凌と称し、一八九九（明治三二）年、宝井馬琴を襲名した。得意は武芸物。203 **貢進生**　地方の諸藩から選抜されて大学南校に入学した学生。204 **古渡唐桟**　綿織物の一種。その雅趣ある縞模様が江戸時代の町人に好まれ、とくに通人が羽織などに愛用した。

型（がた）を一面に摺（す）った亀清[205]（かめせい）の団扇（うちわ）などが茶の間に放り出されるようになった。それだけならまだよいが、彼は長火鉢の前へ座ったまま、しきりに声色[206]を使い出した。しかしうちのものは別段それに頓着する様子も見えなかった。私は無論平気であった。声色と同時に藤八拳[207]（とうはちけん）も始まった。しかしこのほうは相手がいるので、そう毎晩は繰り返されなかったが、何しろ変に無器用な手を上げたり下げたりして、熱心にやっていた。相手はおもに三番目の兄が勤めていたようである。私は真面目な顔をして、ただ傍観しているに過ぎなかった。

この兄はとうとう肺病で死んでしまった。死んだのはたしか明治二十年だと覚えている。すると葬式も済み、待夜[208]（たいや）も済んで、まず一片づきというところへ一人の女が尋ねて来た。三番目の兄が出て応接してみると、その女は彼にこんなことを訊いた。

「兄さんは死ぬまで、奥さんをお持ちになりゃしますまいね。」

「いいえしまいまで独身で暮らしていました。」

兄は病気のため、生涯妻帯しなかった。

「それを聞いてやっと安心しました。妾（わたくし）のようなものは、どうせ旦那がなくっちゃ生きていかれないから、仕方がありませんけれども、……。」

兄の遺骨の埋められた寺の名を教(おす)わって帰って行ったこの女は、わざわざ甲州から出て来たのであるが、元柳橋の芸者をしている頃、兄と関係があったのだという話を、私はその時初めて聞いた。

私は時々この女に会って兄のことなどを物語ってみたい気がしないでもない。しかし会ったらさだめしお婆さんになって、昔とはまるで違った顔をしていはしまいかと考える。そうしてその心もその顔同様に皺(しわ)が寄って、からからに乾いていはしまいかとも考える。もしそうだとすると、彼女(かのおんな)が今になって兄の弟の私に会うのは、彼女にとってかえって辛い悲しいことかもしれない。

三十七

私は母の記念のためにここで何か書いておきたいと思うが、あいにく私の知ってい

205 亀清　台東区柳橋にある有名な料亭、亀清楼。206 声色　歌舞伎の俳優の声やせりふの癖をまねること。207 藤八拳　二人が対座し、庄屋・鉄砲・狐の身振りをして勝負を競う拳の一種。208 待夜　普通「逮夜」と書き、忌日や葬式日の前夜をいうが、ここは死後四十九日の祭を終わり、亡霊を祖先の霊舎に合祀する「逮夜上げ」のことか。

る母は、私の頭に大した材料を遺していってくれなかった。

母の名は千枝といった。私は今でもこの千枝という言葉を懐かしいものの一つに数えている。だから私にはそれがただ私の母だけの名前で、けっしてほかの女の名前であってはならないような気がする。幸いに私はまだ母以外の千枝という女に出会ったことがない。

母は私の十三、四の時に死んだのだけれども、私の今遠くから呼び起こす彼女の幻像は、記憶の糸をいくら辿っていっても、お婆さんに見える。晩年に生まれた私には、母の水々しい姿を覚えている特権がついに与えられずにしまったのである。

私の知っている母は、常に大きな眼鏡をかけて裁縫をしていた。その眼鏡は鉄縁の古風なもので、球の大きさが直径二寸以上もあったように思われる。母はそれをかけたまま、すこしあごを襟元へ引きつけながら、私をじっと見ることがしばしばあったが、老眼の性質を知らないその頃の私には、それがただ彼女の癖とのみ考えられた。私はこの眼鏡と共に、いつでも母の背景になっていた一間の襖を想い出す。古びた張[209]交のうちに、[210]生死事大無常迅速云々と書いた[211]石摺なども鮮やかに眼に浮かんでくる。

夏になると母は始終紺無地の[212]絽の[213]帷子を着て、幅の狭い[214]黒繻子の帯を締めていた。

不思議なことに、私の記憶に残っている母の姿は、いつでもこの真夏の服装（なり）で頭の中に現れるだけなので、それから紺無地の絽の着物と幅の狭い黒繻子の帯を取り除くと、後に残るものはただ彼女の顔ばかりになる。母がかつて縁鼻へ出て、兄と碁を打っていた様子などは、彼ら二人を組み合わせた図柄として、私の胸に収めてある唯一の記念（かたみ）なのだが、そこでも彼女はやはり同じ帷子を着て、同じ帯を締めて座っているのである。

私はついぞ母の里へ伴（つ）れて行かれた覚えがないので、長い間母がどこから嫁にきたのか知らずに暮らしていた。自分から求めて訊きたがるような好奇心はさらになかった。それでその点もやはりぼんやり霞んで見えるよりほかに仕方がないのだが、母が[215]四ツ谷大番町（おおばんまち）で生まれたという話だけは確かに聞いていた。うちは質屋であったらしい。蔵が[216]幾戸前（いくとまえ）とかあったのだと、かつて人から教えられたようにも思うが、何しろ

209 張交　いろいろな書画を混ぜ合わせて貼ること。210 生死事大無常迅速　悟りを開くことは重大である、死は速やかに来る、の意。211 石摺　書画を板に刻み、墨をつけて、書画の部分が白く出るようにした版画の一種。212 絽　織目の透いた薄い絹織物。213 帷子　裏地のない着物。214 黒繻子　黒い繻子織りのこと。繻子はなめらかで光沢のある織物。215 四ツ谷大番町　現在の新宿区大京町。216 幾戸前　「戸前」は、土蔵を数える語。

千代田之大奥「歌合(うたあわせ)」（楊洲周延(ようしゅうちかのぶ)）

その大番町という所を、この年になるまでいまだに通ったことのない私のことだから、そんな細かな点はまるで忘れてしまった。たといそれが事実であったにせよ、私の今もっている母の記念のなかに[217]蔵屋敷などはけっして現れてこないのである。おおかたその頃にはもう潰れてしまったのだろう。

母が父の所へ嫁にくるまで[218]御殿奉公をしていたという話も朧気(おぼろげ)に覚えているが、どこの大名の屋敷へ上がって、どのくらい長く勤めていたものか、御殿奉公の性質さえよくわきまえない今の私には、ただ淡い薫(かおり)を残して消えた香のようなもので、ほとんどとりとめようのない事実である。

しかしそう言えば、私は[219]錦絵に描いた御殿女中の羽織っているような[220]華美(はで)な総模様の着物をうちの蔵の中で見たことがある。[221]紅絹(もみ)裏(うら)を付けたその着物の表には、桜だか梅だかが一面に染め出されて、ところどころに金糸や銀糸の刺繍（ぬい）も交っていた。これはおそらく当時の裲襠（かいどり）[222]とかいうものなのだろう。しかし母がそれを打ち掛けた姿は、今想像してもまるで眼に浮かばない。私の知っている母は、常に大きな老眼鏡をかけたお婆さんであったから。

それのみか私はこの美しい裲襠がその後小掻巻（こがいまき）[223]に仕立て直されて、その頃うちにできた病人の上に載せられたのを見たくらいだから。

三十八

私が大学で教わったある西洋人が日本を去るとき、私は何か餞別（せんべつ）を贈ろうと思って、

217 蔵屋敷　江戸時代に、諸藩が金を得るため、藩内の物産を貯蔵・販売する必要上、江戸、大阪などに設置した倉庫のことであるが、ここは、単に土蔵のある家というほどの意味で使ったのであろう。218 御殿奉公　江戸時代、宮中・将軍家・大名などに仕えること。219 錦絵　浮世絵の色刷りのものの総称で、華やかなものが多い。220 総模様　裾模様に対して、着物全体にわたる模様。221 紅絹裏　紅で染めた絹布で裏をつけたもの。222 裲襠　婦人が帯をしめた上に打ち掛けて着る長小袖。婦人の礼服。うちかけ。「掻取」とも書く。223 小掻巻　小さい夜着。掛け布団の下にかける。

うちの蔵から高蒔絵(たかまきえ)[224]に緋(ひ)の房の付いた美しい文箱(ふばこ)[225]を取り出してきたことも、もう古い昔である。それを父の前へ持っていって貰い受けたときの私は、全くなんの気もつかなかったが、今こうして筆を執ってみると、その文箱も小掻巻に仕立て直された紅絹裏の裲襠同様に、若い時分の母の面影を濃(こまや)かに宿しているように思われてならない。母は生涯父から着物を拵えて貰ったことがないという話だが、はたして拵えて貰わないでもすむくらいな支度をしてきたものだろうか。私の心に映るあの紺無地の絽の帷子も、幅の狭い黒繻子の帯も、やはり嫁にきたときからすでに箪笥(たんす)の中にあったものなのだろうか。私は再び母に会って、万事をことごとく口ずから訊いてみたい。

悪戯で強情な私は、けっして世間の末ッ子のように母から甘く取り扱われなかった。それでもうち中で一番私をかわいがってくれたものは母だという強い親しみの心が、母に対する私の記憶のうちには、いつでも籠もっている。愛憎を別にして考えてみても、母はたしかに品位のあるゆかしい婦人に違いなかった。そうして父よりも賢そうに誰の目にも見えた。気むずかしい兄も母だけには畏敬の念を抱いていた。

「おっ母さんはなんにも言わないけれども、どこかに怖いところがある。」

私は母を評した兄のこの言葉を、暗い遠くの方から明らかに引っ張り出してくることが今でもできる。しかしそれは水に融けて流れかかった字体を、きっとなってやっと元の形に返したような際どい私の記憶の断片に過ぎない。そのほかのことになると、私の母はすべて私にとって夢である。途切れ途切れに残っている彼女の面影をいくら丹念に拾い集めても、母の全体はとても髣髴(ほうふつ)するわけにいかない。その途切れ途切れに残っている昔さえ、半ば以上はもう薄れ過ぎて、しっかりとは摑(つか)めない。

あるとき私は二階へ上がって、たった一人で、昼寝をしたことがある。その頃の私は昼寝をすると、よく変なものに襲われがちであった。私の親指が見る間に大きくなって、いつまで経っても留まらなかったり、あるいは仰向きに眺めている天井がだんだん上から下りてきて、私の胸を抑えつけたり、または眼を開いて普段と変わらない周囲を現に見ているのに、身体だけが睡魔の擒(とりこ)となって、いくらもがいても、手足を動かすことができなかったり、後で考えてさえ、夢だか正気だかわけの分からない場合が多かった。そうしてそのときも私はこの変なものに襲われたのである。

私はいつどこで犯した罪か知らないが、何しろ自分の所有でない金銭を多額に消費

224 高蒔絵　蒔絵の漆地に金銀の粉で模様を盛りあげた高級な蒔絵。
225 文箱　手紙などを入れておく箱。

してしまった。それをなんの目的で何に遣ったのか、その辺も明瞭でないけれども、子供の私にはとても償うわけにいかないので、気の狭い私は寝ながら大変苦しみ出した。そうしてしまいに大きな声をあげて下にいる母を呼んだのである。

二階の梯子段は、母の大眼鏡と離すことのできない、生死事大無常迅速云々と書いた石摺の張交にしてある襖の、すぐ後ろについているので、母は私の声を聞きつけると、すぐ二階へ上がってきてくれた。私はそこに立って私を眺めている母に、私の苦しみを話して、どうかしてくださいと頼んだ。母はそのとき微笑しながら、「心配しないでもいいよ。おっ母さんがいくらでもお金を出してあげるから。」と言ってくれた。私は大変嬉しかった。それで安心してまたすやすや寝てしまった。

私はこの出来事が、全部夢なのか、または半分だけ本当なのか、今でも疑っている。しかしどうしても私は実際大きな声を出して母に救いを求め、母はまた実際の姿を現して私に慰藉(いしゃ)の言葉を与えてくれたとしか考えられない。そうしてそのときの母の服装(なり)は、いつも私の眼に映る通り、やはり紺無地の絽の帷子に幅の狭い黒繻子の帯だったのである。

三十九

今日は日曜なので、子供が学校へ行かないから、下女も気を許したものとみえて、いつもより遅く起きたようである。それでも私の床を離れたのは七時十五分過ぎであった。顔を洗ってから、例の通りトーストと牛乳と半熟の鶏卵(たまご)を食べて、厠(かわや)[226]に上ろうとすると、あいにく肥い取り[227]が来ているので、私はしばらく出たことのない裏庭の方へ歩を移した。すると植木屋が物置の中で何か片づけものをしていた。不要の炭俵を重ねた下から威勢のよい火が燃えあがる周囲に、女の子が三人ばかり心持ちよさそうに暖を取っている様子が私の注意を惹いた。

「そんなに焚火(たきび)に当たると顔が真っ黒になるよ。」と言ったら、末の子が、「いやあーだ。」と答えた。私は石垣の上から遠くに見える屋根瓦の融けつくした霜に濡れて、朝日にきらつく色を眺めたあと、また家の中へ引き返した。

226 厠　便所。
227 肥い取り　くみ取り式便所の大小便をくみ取ることを職業とする人。

親類の子が来て掃除をしている書斎の整頓するのを待って、私は机を縁側に持ち出した。そこで日当たりのよい欄干に身をもたせたり、頰杖を突いて考えたり、またしばらくはじっと動かずにただ魂を自由に遊ばせておいてみたりした。

軽い風が時々鉢植えの[228]九花蘭(きゅうからん)の長い葉を動かしにきた。庭木の中で鶯が折々下手な囀(さえず)りを聴かせた。毎日硝子戸の中に座っていた私は、まだ冬だ冬だと思っているうちに、春はいつしか私の心を[229]蕩揺(とうよう)し始めたのである。

私の冥想はいつまで座っていても結晶しなかった。筆をとって書こうとすれば、書く種は無尽蔵にあるような心持ちもするし、あれにしようか、これにしようかと迷い出すと、もう何を書いてもつまらないのだという呑気な考えも起こってきた。しばらくそこで佇(たたず)んでいるうちに、今度は今まで書いたことが全く無意味のように思われ出した。なぜあんなものを書いたのだろうという矛盾が私を嘲弄し始めた。ありがたいことに私の神経は静まっていた。この嘲弄の上に乗ってふわふわと高い冥想の領分に上って行くのが自分には大変な愉快になった。自分の馬鹿な性質を、雲の上から見下ろして笑いたくなった私は、自分で自分を軽蔑する気分に揺られながら、揺籃(ようらん)の中で眠る子供に過ぎなかった。

私は今までひとのことと私のことをごちゃごちゃに書いた。ひとのことを書くときには、なるべく相手の迷惑にならないようにとの掛念があった。私の身の上を語る時分には、かえって比較的自由な空気の中に呼吸することができた。それでも私はまだ私に対して全く色気を取り除き得る程度に達していなかった。嘘を吐いて世間を欺くほどの衒気[230]がないにしても、もっと卑しい所、もっと悪い所、もっと面目を失するような自分の欠点を、つい発表しずにしまった。聖オーガスチンの懺悔[231]、ルソーの懺悔[232]、オピアムイーターの懺悔[233]、——それをいくら辿っていっても、本当の事実は人間の力で叙述できるはずがないと誰かが言ったことがある。まして私の書いたものは懺悔ではない。私の罪は、——もしそれを罪と言い得るならば、——すこぶる明るいところ

228 九花蘭　蘭の一種。葉は黒みがかった青緑色。スゲ、カヤのような剣の形をしている。剣葉蘭。229 蕩揺　ゆれ動くこと。230 衒気　みせびらかす気持ち。231 聖オーガスチンの懺悔　初期キリスト教最大の教父アウグスチヌス Augustinus（三五四—四三〇年）の『告白録』（"Confessiones"）。前半生の自伝で、新プラトン的神秘主義の信仰に基づいている。232 ルソーの懺悔　フランスの作家・思想家 Jean-Jacques Rousseau（一七一二—七八年）の『懺悔録』（"Les Confessions"）。233 オピアムイーターの懺悔　イギリスの随筆家ド・クインシー Thomas De Quincey（一七八五—一八五九年）の『阿片常用者の告白』（Confessions of an English Opium-Eater）。ド・クインシーは、オックスフォード大中退。在学中に陥ったアヘン服用の習慣に生涯苦しみつづけ、その体験をもとにこの作品を書いた。

からばかり写されていただろう。そこにある人は一種の不快を感ずるかもしれない。しかし私自身は今その不快の上に跨(また)がって、一般の人類をひろく見渡しながら微笑しているのである。今までつまらないことを書いた自分をも、同じ眼で見渡して、あたかもそれが他人であったかの感を抱きつつ、やはり微笑しているのである。

まだ鶯が庭で時々啼く。春風が折々思い出したように九花蘭の葉をうごかしに来る。猫がどこかでいたく噛まれたこめかみを日にさらして、あたたかそうに眠っている。さっきまで庭でゴム風船をあげて騒いでいた子供たちは、みんな連れ立って活動写真へ行ってしまった。家も心もひっそりとしたうちに、私は硝子戸を開け放って、静かな春の光に包まれながら、恍惚(うっとり)とこの稿を書き終わるのである。そうした後で、私はちょっと肱(ひじ)を曲げて、この縁側に一眠り眠るつもりである。(二月十四日)

解説

作者について――夏目漱石

嶋田直哉

夏目漱石は慶応三年一月五日生。大正五年一二月九日没。享年四九歳。同年の生まれに正岡子規(まさおかしき)、尾崎紅葉(おざきこうよう)、幸田露伴(こうだろはん)、斎藤緑雨(さいとうりょくう)、宮武外骨(みやたけがいこつ)、南方熊楠(みなかたくまぐす)らがいる。満年齢で数えると明治の年号と年齢が一致する。

学生時代に正岡子規と出会い、俳句を学ぶ。帝国大学（のちの東京帝国大学、東京大学）英文科卒業後、東京専門学校（現早稲田大学）、東京高等師範学校、松山中学校、熊本第五高等学校（現熊本大学）で教鞭を執ったのちイギリスに留学（明治三三・五―三五・一二）。帰国後、東京帝国大学講師の傍ら『吾輩は猫である』（「ホトトギス」明治三八・一―三九・八）、『坊っちゃん』（同明治三九・四）を発表。その後、教職を一切辞め明治四〇年四月、東京朝日新聞社に入社。専属の小説家になる。「東京朝日新聞」には連載小説として『虞美人草(ぐびじんそう)』（「東京朝日新聞」明治四〇・六・二三―一〇・二九）を皮切りに、『三四郎』（同明治四一・九・一―一二・二九）『それから』（同明治四二・六・二七―一〇・四）『門』（同明治四三・三・一―六・一二）［前期三部作］、『彼岸過迄（ひがんすぎまで）』（同明治四五・一・一―四・二九）『行人』（同大正元一二・六―二・一一・五）『こゝろ』（同大正三・四・二〇―八・一一）［後期三部作］、『道草』（同大正四・六・三―九・一四）『明暗』（同大正五・五・二六―一二・一四未完）を発表。最晩年は「則天去私」の境地に達したと言われている。日本近代文学史の位置としては高踏派、余裕派とも呼ばれ、当時主流であった自然主義とは一線を画し、独自の路線を進んだと捉えられている。

漱石の生涯の大きな転換点は以下の三点に求められる。

第一点は幼少期の養子体験である。漱石は夏目小兵衛直克（こひょうえなおかつ）と千枝（ちえ）の五男三女の末子として生まれる。本名金之助。「庚申（こうしん）」の日に生まれた子どもは大泥棒になるという言い伝えから、それを避けるために「金」の字を名前につけたと言われている。父五〇歳、母四二歳の子どもであった。金之助は生まれてすぐに古道具屋（八百屋の説もあり）に養子に出され、次いで明治元年一一月には塩原昌之助・やす夫婦の養子になる。金之助が八、九歳の頃に昌之助の女性問題から養父母が離婚したため生家である夏目家へ戻るものの、養父と実父の対立から「塩原」姓のままであった。突然生家に戻ってきた金之助はあまりにも年の離れた実父母を祖父母と思って育ったらしい。やがて明治二〇年三月、第一高等中学校在学中に夏目家の家督を相続した長兄大一が肺結核で病没。さらに三ヵ月後の六月に次兄栄之助も同じく肺結核で病没。家督は三男の直矩（なおのり）が継ぐものの、夏目家の将来に不安を抱いた父直克が金之助の籍を塩原家から夏目家へ移すことに成功し、金之助は明治二一年一月より夏目家へ復籍することになる。しかし夏目家へ戻ったものの塩原家は金之助を育てたことを理由にその養育費二四〇円を夏目家へ要求する。このように吝嗇（りんしょく）な養父は後年小説家として有名になった漱石を訪ねて金の無心までもしている。後年まで傷跡を残すこのような養子体験とその後のことについては晩年に発表した『道草』に詳しい。この作品では養父島田と養母お常、養子健三の関係が詳細に書かれている。特に健三の幼少期の記憶に養父島田から「御前の御父さんは誰だい」「ぢや御前の御母さんは」「ぢや御前の本当の御父さんと御母さんは」と繰り返し質問される場面が描かれているが、いずれにしても目の前の養父母を指さすしかない健三の状況は、どこにも居場所がなかった幼少期の金之助の状況と重ね合わせることができるだろう。

第二点は正岡子規との関係である。漱石が正岡子規と出会うのは明治二二年一月のことである。前年九月に漱石は第一高等学校本科英文科への進学を決めるが、同級に正岡子規が在籍し、知り合うようになる。子規は漱石に俳句や漢詩を教えるようになり、やがて子規は友人向けの自筆回覧文集「七艸集（ななくさしゅう）」を漱石に見せる。漱石は子規の文章や句についての感想を漢文で書き、さらに漢詩九詩を添え、そこに初めて「漱石」の号を用いている。「漱石」という号は正岡子規も用いていたと言われているが、そもそもは中国の『蒙求（もうぎゅう）』（八世紀前半の成立か）の「晋書（しんじょ）」に記されていた故事に由来している。本当は「枕石漱流」（石にまくらし、流にくちすすぐ）と言うべきところを、誤って「枕流漱石」（流にまくらし、石にくちすすぐ）と言ってしまった男が、周囲から間違っていると注意を受けるものの、男は強情に流に枕するのは耳を洗うためであり、石に口をすすぐのは歯磨きのためだと主張した、という話である。正当な間違いを指摘されたにもかかわらず、それを認めず、強引に自身の理屈を正しいと主張したという故事からとったのが「漱石」の号である。それゆえ「漱石」には頑固でへそ曲がりといった意味が込められている。同年八月に漱石は友人たちと房総を旅行し、その紀行漢詩文集「木屑録」を執筆し、子規に批評を乞うている。この頃から漱石は子規の影響で俳句や漢詩を創作するようになり、二人は急速に親しくなっていく。また明治二八年四月に漱石は愛媛県の松山中学校に英語教諭として赴任するが、同年八月に日清戦争に従軍中の子規が病気で松山に帰郷する。一〇月に子規が上京するまでの二ヵ月間、二人は同居し、俳句と漢詩の創作に没頭する。子規は以後病状が悪化の一途を辿り、長い病床生活に入ることになるが、明治三四年四月イギリス留学中の漱石は高浜虚子の依頼もあって病床の子規を慰めるために何通かの手紙を送っている。それらの手紙が子規によって「倫敦消息」とタイトルがつけられ、「漱石」の号を付されて雑誌「ホトトギス」（第四巻第八号　明治三四・五）に発表されることになる。漱石における写生文の達成ともいえるこの文章は同時に「漱石」の名前が初めて活字媒体によって世に出た瞬間の作品という側面も持ち合わせている。これらのことからわかるように作家「漱石」の出発はそのペンネームの来歴から作品発表に至るまで子規が密接に関わっていたことは注意していいだろう。まさに子規の手によって作家「漱石」は誕生したのである。

第三点は東京朝日新聞社への入社である。日露戦争が新聞メディアを活性化させ、現在は当たり前になった各戸への配達システムもこの時期に成立するのだが、このような成長に伴って新聞社はさらなる読者を獲得するために新たなコンテンツを模索していた。そして各新聞社がまず目をつけたのは新聞連載小説であった。明治四〇年二月、東京朝日新聞社主筆池辺三山は漱石を獲得するために熊本第五高等学校の教え子であった渋川玄耳（しぶかわげんじ）、白仁三郎（しらにさぶろう）を漱石との交渉相手に指名する。直接漱石と交渉したのは白仁三郎であったが、漱石との間で交わされた書簡から具体的な入社の条件がわかってくる。漱石の白仁三郎宛書簡（明治四〇年三月一一日）には以下のような要求が記されている。

（1）文学作品を一切朝日新聞に掲載する。
（2）作品の分量・種類・長短・時日の割合は随意であること。
（3）俸給は月額で二〇〇円、また他の社員並みに盆暮の賞与を頂戴すること。
（4）文学作品を朝日新聞以外に発表する場合はその都度朝日新聞社の許可を得ること。
（5）小説ではないもの、二、三頁の短い文章、新聞に向いていない学術論文などは他に自由に掲載してよい。

（6）大学教授並みの地位の安全を社主より正式に保証されること。

このような条件からわかるのは漱石は自身が執筆する作品、および「漱石」という名前をビジネスライクに「商品」と考え、打算的なまでに「金」に換算していたということだ。当時漱石は東京帝国大学講師の職に就いており、同年四月からは教授に昇格することが内定していたのだが、それを辞してまで東京朝日新聞社に入社するのである。ここからは漱石の並々ならぬ創作意欲と経済感覚を窺うことができるだろう。漱石は「入社の辞」（「東京朝日新聞」一九〇七・五・三）で「新聞屋が商売ならば、大学屋も商売である。」と述べていることからもわかるように、新聞社も大学もすべて「金」という視点から同一の地平に位置づけている。漱石がこのような徹底的に「金」にこだわったビジネスモデルを提示したからこそ以後の小説家は〈作家〉として経済的に自足することが可能となったのだ。漱石は自身の提示した条件に十分見合うかたちで以後『虞美人草』を筆頭に『明暗』に至るまでの作品をほぼ毎年のように「東京朝日新聞」に連載発表していく。

以上三点から夏目漱石を概観してみたが、いずれにしろ驚くのは漱石が小説家であった期間がたった一二年間であったということだ。三八歳で『吾輩は猫である』を発表し小説家としての地位を築いたのち、四九歳で『明暗』を未完のまま没するまでの一二年間に数多くの名作を残していった。このようなことから漱石が「文豪」であることに間違いはないのだが、前述した東京朝日新聞の入社からもわかるように「文学」を「商品」として位置づけるなど「文学」の根本的な制度について身をもって示した点は後年の「文学」のありかたに大きな影響を及ぼしたといえるだろう。漱石が残した痕跡は日本近代文学史の中であまりにも大きく、今もってわれわれが再考するべき点は数多い。

神の不在と文明批評的典型

江藤　淳

　更にここで、ぼくらはふたたび漱石の内部で鳴っている主調低音に耳を傾けなければならぬ。以上に述べたような作家の方法論的発展は、その内部世界の低音部との複雑な和絃（わげん）を奏でながら達成されたものだからである。「漾虚集（ようきょしゅう）」で、セロの暗い諧音を奏していた、低音の主題は、明治四十一年六月、「大阪朝日新聞」に連載された小品「文鳥」でふたたび反復され、「夢十夜」、「永日小品」へと持続して行くのだ。

「文鳥」は恐らく彼の数多い作品の内で最も美しいものの一つである。この小鳥は漱石のかくれ家からの使者であって、先に引用した英詩の中の女の化身でもある（編集部後注）。漱石は文鳥のいる鳥籠の中に、自らの求める世界の幻影を見ている。鳥のイメイジと女のイメイジとの交錯は、この作品の最も美しい部分である。

《明る日（あくるひ）も亦（また）気の毒な事に遅く起きて、箱から籠を出してやったのは、矢っ張り八時過ぎであつた。……それでも文鳥は一向不平らしい顔もしなかつた。籠が明るい所へ出るや否や、いきなり眼をしばたゝいて、心持首をすくめて、自分の顔を見た。昔し美しい女を知つて居た。此の女が机に凭れて何か考へてゐる所を、後から、そつと行つて、紫の帯上げの房になつた先を、長く垂らして、頸筋の細いあたりを、上から撫で廻したら、女はものう気に後を向いた。其の時女の眉は心持八の字に寄つて居た。夫で眼尻と口元には笑が萌して居た。同時に恰好の好い頸を肩迄すくめて居た。文鳥が自分を見た時、自分は不図此の女の事を思ひ出した》

文鳥の声をきいている漱石の姿は、傷ましく孤独であり、文鳥を殺した家人に対する怒りには涙がまじっている。同時に、この作品は彼の日常生活と、その低音部の最も内奥な部分との稀有な交流の記録なので、文鳥と「紫の帯上げでいたづらをした女」の関係や、文鳥と「侘びしい事を書き連ねてゐる」漱石との関係、更にはこれらのものと「残酷」な家人との関係には、極めて象徴的な意味があるのだ。英詩の女が夢の中に歩み去ったように、文鳥は死んだ。そして、「漾虚集」の短篇が表わしていたような、漱石の生の要素へのほとんど生理的な嫌悪感——実存感覚ともいうべき——は、「夢十夜」に於て、更に複雑な変奏となってあらわれるのである。

「夢十夜」が「人間存在の原罪的不安」を主題にしている、という伊藤整氏の見解は、漱石の内部の、あの「深淵」の存在をよく洞察し得ている。この一連の小品に描かれた世界は、決して片岡良一氏のいうように「草枕」や「一夜」の系譜を引いた世界ではない。ここに描かれたのは、「漾虚集」のそれよりも、もっと暗く、生ま生ましく彩られた漱石の内部のカオスの世界である。そして又、「倫敦塔」や「幻影の盾」にあった「黒」の心象はここでも同じようにくりひろげられている。屍臭がただよい、蛇のイメイジがあり、全体の雰囲気が澱んだ湿潤なものであることも、ある種の暗合の存在を物語るものである。しかも、ここでは、「薤露行」や「幻影の盾」にあった造形的な意志が薄弱になっていて、それだけ逆に、彼の内部世界のどろりとした触感を露わにしている。それは、「裏切られた期待」のモチーフであって、期待する側は作者を象徴する人物であり、それを裏切るのは、常に、その人間の意志の及ばぬ運命的な力である。そしてこの関係にはしばしば女が重要な因子として登場する。

例えば、最も象徴的な「第三夜」では、自分の子と思って背負って歩いていた盲目の子供が、実は百年前に殺した盲人であった、という形でこのモチーフが表われる。ここでは「おれは人殺であつたんだな」、という隠微な罪悪感が閃光のようにひらめいて、不気味な挿話が閉じられる。「第四夜」では、手拭を蛇にする、といった爺さんが河の中に消えてしまい、「自分は爺さんが向岸へ上がつた時に、蛇を見せるだらうと思つて、蘆の鳴る所に立つて、たつた一人何時迄も待つて」いる。しかしこの魔法使めいた爺さんは「とう〳〵上がつて来なかつた」。「第五夜」では、捕虜になった男が、殺される前に一眼恋人に逢いたいと思い、鶏が夜明けを告げる前に女が到着するなら、という条件で死刑を猶予される。しかし女は裸馬を疾走させるうちに、偽の「天探女」の鳴声によって「深い淵」に呑まれてしまう。このモチーフは「第六夜」では、木から（埋まっている）仁王を彫り出そうとして失敗する、という形で、「第七夜」では、得体の知れぬ不気味な船から身を投げて、後悔する、という変奏をもって、反復される。この「第七夜」の船の心象は何処かしら、幽霊船めいた不吉なものを感じさせせずにはいない。この幽霊船自体も、「波の底に沈んで行く焼火箸のやうな太陽」を追跡しながら、「決して追附かない」。いささか想像をたくましくすれば、この船は、漱石の眼に映じていた人生の象徴であり、「黒い」水は、死の象徴であるより先に、彼を呑み込もうとしている例の「深淵」の象徴であるように思われる。更に、このライトモチーフは「第八夜」でも、「第九夜」でも、「第十夜」でも繰り返される。唯一の明瞭な例外は「第一夜」で、ここでは、百年経ったら必ず逢いに来るといって死んだ女が、百合の花になって百年目に男の前に現われる、という話が語られている。これは最も楽観的な例であって、「第二夜」の悟ろうとして悟り切れぬ武士が、悟った上で和尚を殺してやろうと思う話になると、もう「第一夜」のような happy ending だとはいい難い。章を追うにしたがって、作者の絶望的姿勢はますます明瞭にうかがわれるように思われる。

　このように考えると、先程ぼくらが「裏切られた期待」といったライトモチーフは、更にその奥を探るなら、ある絶対的な力、超越的な意志に対立する、人間の無力感の如きものに帰着する。「原罪的不安」なるものは、いわばこの成就されざる人間的意志の無力感の転移なのだ。運命的な、得体の知れぬ力が、常に人間の期待を拒否する。その力に合体も出来ず、さりとて、その前で自らを否定することも出来ぬ故に、人間は、自らの呪わしい、どうすることも出来ぬ「我」の存在をひっさげて立ちつくしていなければならぬ。こうして、「夢十夜」でひそかに自らの内部世界を展開している漱石は、

《Le silence éternel de ces espaces infinis m'effraye.》

といった時の、パスカルを思わせる人間である。しかし、パスカルはこの名文句の「恐怖」を材料にして、人を神の方へ向き直らせようとした。人が神のもとにおもむく時、このような「恐怖」は消え去る、とおそらくパスカルはいう。ところで、こうした神の方向への転換こそ、漱石の最も承服し難いものであったことをぼくらは忘れてはならない。ここに、又、漱石の最も貴重な誠実さが見うけられるのである。元来、パスカル流の論理は古くから唯一神を所有している西欧人のものである。神の前で自己を否定出来たり、芸術家の進歩がself-sacrifice や絶えざる depersonalization によって達成出来る（T・S・エリオット）、などという芸当はこのような種族に特有なものでしかない。ぼくら日本人の特質は、究極に於てぼくらが彼らの神と無縁だという所にある。漱石の「夢十夜」にあらわれた絶望的な姿は、護教論を持たぬパスカルの姿であって、ぼくらもすべてパスカルの所謂神に対してはこのような浅薄な関係しか有しない。西欧人が、「無限の空間の永遠の沈黙」と向かいあった時、

彼らの胸には、反射的に――ほとんど条件反射的に――神もしくは神の追憶の観念が去来する。しかしぼくらの胸にはそのような性質のものが何も浮ばない。これは決定的な相違である。神を所有する西洋人を「ねたみ」、彼らの神を輸入することからはじめねばならない、という一部の評家の精神的人種改良論は、この本質的な相違を無視した、至極楽天的な便宜論であるように思われる。

このような日本の社会には、西欧的な意味での人間の対立関係や、人間と社会との関係は生れない。又西欧的な意味での近代的自我の如きものも存在しない。したがって、そのようなものの存在の上に成立している西欧的な小説の方法論を、日本に適用しようとすることは不可能である。それを敢えてしようとすれば、作家は日本の現実を無視して架空の世界を創り出さねばならぬ。しかし、西欧的な自我の存在しない世界にも、「我執」はある。西欧的な自我は本来神との対立の上にある所の自我である。更にそれは、神の前での depersonalization の可能性を留保している自我である。所が、漱石の眼に映じていた「我執」はこの可能性を持っていない。この「我執」は神を通じて人間関係を成立させることも出来なければ、他者の前で自己を消滅せしめることも出来ない。ぼくらの棲息する社会に於て、「我」の問題は、仮りに神が死んだにせよいまだその記憶を残している西欧社会に於けるよりも、はるかに赤裸々な様相を呈している。そしてこの「我」は、明治以後の西欧の自我意識の一面的な輸入によって、更に複雑化されている。漱石が「我執」を問題にし、近代文明の病弊を自我の過度な主張に求めた時、西欧的自我と、彼の所謂「我執」との相違に気がついていたとは思われないが、日本の近代社会に特徴的な、救済され得ざる原罪、神という緩衝地帯を有せざる「我執」の存在は、的確にとらえられていたのである。「夢十夜」その他を材料にして、漱石の内部世界のフロイディズム的解釈を行ったものには、荒正人氏の「漱石の暗い部分」という研究がある。それは一つの解釈であって、それの当否については今ここで論ずる余裕がない。しかし、ぼくらの論述の上で必要なことは、漱石の内部世界の客観的意味を知ることではなく、その、作家自身への影響の過程を知ることである。問題をこのように限定して考えると「夢十夜」で露呈された低音部の反響は、「三四郎」の「無意識の偽善（アンコンシアス・ヒポクリシィ）」とか「迷羊（ストレイ・シープ）」とかいう観念に、先ず聴かれるように思われる。しかし、この作品では、作者の深刻な原罪意識と、士君子的な知識階級を夢見るイリュージョンとが雑然と混入して、作品の創作意図を分裂せしめている。この退屈な小説では「猫」よりも現実的に描かれている知識階級の風俗的戯画と、当時としては極めて勇敢に述べられた社会批評のみがぼくらの興味をひくのだ。「三四郎」の執筆と、「それから」の執筆までの間には、約十カ月の間隙がある。この間に書かれたのが「永日小品」であるが、この中には作者のロンドン時代の回顧がある。「寒い夢」、「下宿」、「過去の匂ひ」、「霧」、「クレイグ先生」などがそれで、ここにも、「倫敦塔」を思わせるような心象が、点在しているのは注目すべきである。惟（おも）うに、このような回顧の濾過器（ろかき）を通じて、漱石の前述の如き原罪意識は、知識階級の優越感を否定し去る所まで深化したのではないか？「それから」の中には、「夢十夜」で最も明瞭にうかがわれた、作家の暗い人間存在についての意識が浸透しているように思われる。あるいはここではじめて、「三四郎」以前の作品では、二種類の別個な主題としてとらえられていた、文明批評と「我」の暗い執念とが、長井代助という典型的人物の中に融合する。そして、これ以後、漱石は二度と、「夢十夜」や「漾虚集」のような作品を書かない。同時に「三四郎」に至る迄漱石の特色であったヒューマァが、以後の作品からは姿を消す。いわば長篇の中に浸出して来た彼の深淵の感覚が、それを併呑しているのだ。そして、その代りに、作家の最も内奥のかくれ家である、南画的な世界への憧憬が、長篇の世界と対立して、「思ひ出す事など」や「硝子戸の中」を書かせ、傷ついた彼を文人趣味に遊ばせるようになるのである。

「虞美人草」以来、漱石が苦慮して来た西欧的方法による長篇小説構成の問題と、彼の内部的な「我執」の意識が共に発展して、「それから」の世界に合流していることは、以上に述べた通りだが、彼の扱っている「我執」と西欧的「自我」の本質の相違は、この作品を、ギクシャクとした不自然なものにしている。代助の像は鮮明に浮き出して来るし、それは確かに芥川龍之介の指摘するような、近代日本文学史上に稀有な典型的人物である。しかし、ここには決して中村真一郎氏のいうような、「緊密で美学的な快感」などはないし、この作品の成功の原因は「長篇小説として均衡を得」ているためでもない。このような要素は、武者小路氏の評したように、「それから」を「運河」のような人工的なものにしているだけである。代助の現実的な姿は、こうした人工的な背景から奇妙にずれている。ぼくらはここでも、長篇小説の美学的構成以外の所に、この作品の成功——それが仮りに成功しているとして——の原因を見るのだ。

「それから」での漱石の作家的な進歩は、その文明批評を、代助という人物の創造を通じて行っている所にある。これは、一歩を進めれば作家が自らの傷ついた内部を通じて、近代日本社会の病弊をえぐり出していることになるので、結局、この作品がぼくらを魅するのはそれ以前にはなかった作家と作中人物との緊密且明瞭な関係が存在し、この人物に集約されたぼくら自身の戯画を見得るからである。そして、漱石が幾つもの幻滅を経験しつつ、ここに到達したように、代助の歴史も又幻滅の歴史なのだ。

代助が、「人格主義」の馬鹿々々しさを熟知した甲野の如き人物であることについては、すでに触れた。つまり、この高等遊民は、かくあるべき——士君子の如き——知識階級などというものを信じない。彼らは自らの正しさを以って、他人の罪をなじるような姿勢に、本能的な嫌悪感を覚える人間である。漱石が「夢十夜」などで露わにしている原罪感覚のようなものは代助の心中にも澱んでいる。その点で彼は決して選ばれた優越者ではない。同時に、この男は、そのような意識を持っていることに逆に一種の正当さを見出そうとしている。自らが正当でないことを知っている人間の正しさ、という幻想がこの主人公を捕えて、彼を

nil admirari の中に惑溺させる……。「それから」の主題は、代助がこの種の幻想から急転直下にすべり落ちる所に発見されるべきである。

「我執」の醜さを識っている代助は、かつて自分のひそかに愛していた女を友人平岡に譲った。彼にとって、これが英雄的行為であったことはいうまでもない。彼は犠牲的行為をした自らを正しいと信じ、その優越意識の故にそうしたのである。しかし数年経って、全く落ちぶれた平岡夫婦が彼の前にあらわれた時、事態は全く一変する。偽られていた「我執」が活動しはじめ、代助の幻想をはぎ取る。彼は三千代を平岡から奪わねばならぬ。彼は平岡に対して不誠実であったわけでもなく、三千代に対して誠実でなかったわけでもない。代助はその信ずる所では充分正当に行動している。しかしかつての犠牲的行為なるものを彼に保証する彼以上の力はない。つまり、代助は彼の「我」を一時的に留保したにすぎなかった。彼を三千代に近づけるのは、彼の意志の制御し得ぬ運命的な力である。消去さり得ぬ我を留保したままに行われた犠牲的行為、――義侠心――の正当さを信じていた代助は、そのような中途半端な「良心」を信じた故に、破局へと追いやられる……。

これは完全な戯画化の過程である。かくあると信じていた自己の姿と、実際にそうである自己の姿との落差の大きさが、代助の姿をヴィヴィッドにしている原動力の一つであることはいうまでもない。こうしたディスイリュージョンの過程を描いた芸術的小説として、ぼくらはジェイン・オースティンの「エンマ」を持っている。「それから」とこの小説とは、かなり似通った情況を有している。所で、「それから」は如何にオースティンの小説と異っているか？　第一に、「エンマ」の女主人公の幻滅を支え、その性格を支えているものは、小説の構成自体に存在する人物間の相互牽引作用である。しかし代助の幻滅を浮き出させ、この典型を描くために作家の用いた支柱は、この作品の中の文明批評乃至は文化論である。正宗白鳥氏が、「小説の中に雑録がまぎれ込んだのぢやないか」と評したこのような部分が、より多く、代助の性格――もしそれを性格と呼ぶならば――を支えている。いわば、代助は「文明批評乃至は文化論」的性格なので、代助と三千代との恋愛心理や、例の「我執」の問題は、彼のこうした性格の影になって、さほど明瞭には見えない。「三四郎」にあった主題の分裂現象は、ここでも以上のような形で現われている。しかも、漱石はここで明らかに代助の創造に成功し、代助は典型的人物にまでなり得ている。そして、代助はその中に分裂した主題を併せ持つところの典型的人物である。こうした性格の二面性――一方に於て社会的類型であり、他方に於て「我執」に取り憑かれた個人である――はジェイン・オースティンの主人公には見当らない。これは作家の才能の相違であるよりむしろ彼らの見ている現実の質の相違というべきであって、代助のような典型を生む現実から、エンマのような純粋小説の主人公は造型し得ないことの証明でもある。漱石は、「それから」で代助の創造に成功したことによって、逆に、日本に於ける西欧的長篇小説の限界を明らかにしているのである。

「それから」以後に於ても、漱石の長篇小説構成の努力は、幾度となく失敗を繰り返す。

「門」はそのような失敗作であった。笑止の沙汰というより他はない主人公の参禅などは、作者の苦しい姿勢を物語っている。「彼岸過迄」、「行人」、「こゝろ」の三部作では、探偵小説的前半と後半の独白が遊離している。彼の構成的な努力が成功しているのは、前半に於てであり、後半では、種明かしのような形で、「我執」の主題が反復され、その間には目に見えぬ断層がある。これは中村真一郎氏の定義によれば、恐らく長篇小説としての致命的欠点であろう。ある意味で、漱石の作品中最も高い芸術的完成を示している「道草」では、作家は、三部作の前半に見られる探偵小説的手法を用いて成功した。しかし出来上ったのは、傑作ではあるが一種の私小説的作品であった。「明暗」で、作家は、「我執」の主題に集中している。この大作は他のどの作品よりも顕微鏡的世界を取扱っている。そしてその故に、極めて緊密な密度を有している。更に注目すべきは、「道草」及び「明暗」で、作者が、地名の明示をやめたことである。それを一例として、ここにはことごとに一種象徴的な雰囲気が漂っている。いわば、「漾虚集」や「夢十夜」の暗い内部世界は、それまでに作家の心を侵蝕したのであった。

こうして年毎に暗さを増して行く作家の対人間的姿勢から逃れ出ようとするかのように、「思ひ出す事など」や「硝子戸の中」のような、美しい小品が書かれた。漱石の最も奥深いかくれ家である、この静寂を夢想している時、おそらく、彼の「我執」は慰められたのである。「則天去私」とは、いわば、人生に傷つき果てた生活者の、自らの憧れる世界への逃避の欲求をこめた、吐息のような言葉でもあった。

（『決定版　夏目漱石』新潮文庫一九七九年）

（編集部後注）

「先に引用した英詩の中の女」とは、『決定版　夏目漱石』第一部第三章「『無』と『夢』——漱石の低音部」の次の部分をさす。

彼は極く内密な告白を、最も熟達していたこの外国語で書き記しておく傾向を有していたのである。ロンドンから帰朝して以来、彼が書いたいくつかの英詩はそのような性質のものであって、その代表的なものは次に掲げる抒情詩である。

I looked at her as she looked at me :
We looked and stood a moment,
Between Life and Dream.

We never met since :

Yet oft I stand
In the primrose path
Where Life meets Dream.

Oh that Life could
Melt into Dream,
Instead of Dream
Is constantly
Chased away by Life!

この女は、初期の作品「薤露行」のエレーン、「幻影の盾」のクララの原型であり、「三四郎」の広田先生がたった一度逢った女の原型でもある。

江藤　淳　一九三二（昭和七）年―九九（平成一一）年。文学評論家。一九五五年に『三田文学』に「夏目漱石論」を発表、漱石を文学史上の文豪ではなく一市民としてとらえ、その内面に迫った評論として注目を浴びた。ここに収めた評論「神の不在と文明批評的典型」は同評論の一部であり、一九七九年刊行の新潮文庫『決定版　夏目漱石』に依った。

付録

私の個人主義（抄）

――大正三年十一月二十五日学習院輔仁会[1]において述――

夏目漱石

（前略）私はこの世に生まれた以上何かしなければならん、といって何をしてよいか少しも見当がつかない。私はちょうど霧の中に閉じ込められた孤独の人間のように立ち竦んでしまったのです。そうしてどこからか一筋の日光が射して来ないかしらんという希望よりも、こちらから探照灯を用いてたった一条でよいから先まで明らかに見たいという気がしました。ところが不幸にしてどちらの方角を眺めてもぼんやりしているのです。ぼうっとしているのです。あたかも嚢の中に詰められて出ることのできない人のような気持ちがするのです。私は私の手にただ一本の錐さえあればどこか一カ所突き破ってみせるのだがと、焦燥り抜いたのですが、あいにくその錐は人から与えられることもなく、また自分で発見するわけにもいかず、ただ腹の底ではこの先自分はどうなるだろうと思って、人知れず陰鬱な日を送ったのであります。

私はこうした不安を抱いて大学を卒業し、同じ不安を連れて松山から熊本へ引っ越し、また同様の不安を胸の底に畳んでついに外国まで渡ったのであります。しかしいったん外国へ留学する以上は多少の責任を新たに自覚させられるにはきまっています。それで私はできるだけ骨を折って何かしようと努力しました。しかしどんな本を読んでも依然として自分は嚢の中から出るわけに参りません。この嚢を突き破る錐は倫敦中探して歩いても見つかりそうになかったのです。私は下宿の一間の中で考えました。つまらないと思いました。いくら書物を読んでも腹の足しにはならないのだと諦めました。同時に何のために書物を読むのか自分でもその意味がわからなくなって来ました。

この時私は初めて文学とはどんなものであるか、その概念を根本的に自力で作り上げるよりほかに、私を救う途はないのだと悟ったのです。今までは全く他人本位で、根のないうきぐさのように、そこいらをでたらめに漂っていたから、駄目であったということにようやく気がついたのです。私のここに他人本位というのは、自分の酒を人に飲んでもらって、後からその品評を聞いて、それを理が非でもそうだとしてしまういわゆる人真似を指すのです。一口にこう言ってしまえば、馬鹿らしく聞こえるから、誰もそんな人真似をするわけがないと不審がられるかもしれませんが、事実はけっしてそうではないのです。近頃流行るベルグ

1　輔仁会　学習院の校友会の名称。　2　外国まで渡った　漱石は一九〇〇（明治三三）年から約二年間、英国に留学した。　3　ベルグソン　Henri Bergson　一八五九―一九四一〇年。フランスの哲学者。

ソンでもオイケン[4]でもみんな向こうの人がとやかくいうので日本人もその尻馬に乗って騒ぐのです。ましてその頃は西洋人のいうことだと言えば何でもかでも盲従して威張ったものです。だからむやみに片仮名を並べて人に吹聴して得意がった男が比々皆是なりと言いたいくらいごろごろしていました。ひとの悪口ではありません。こういう私が現にそれだったのです。たとえばある西洋人が甲という同じ西洋人の作物を評したのを読んだとすると、その評の当否はまるで考えずに、自分の腑に落ちようが落ちまいが、むやみにその評を触れ散らかすのです。つまり鵜呑みといってもよし、また機械的の知識といってもよし、とうていわが所有とも血とも肉とも言われない、よそよそしいものを我が物顔にしゃべって歩くのです。しかるに時代が時代だから、またみんながそれを賞めるのです。

けれどもいくら人に賞められたって、元々人の借着をして威張っているのだから、内心は不安です。手もなく孔雀の羽根を身に着けて威張っているようなものですから。それでもう少し浮華[6]を去って摯実[7]につかなければ、自分の腹の中はいつまで経ったって安心はできないということに気がつき出したのです。

たとえば西洋人がこれは立派な詩だとか、口調が大変よいとか言っても、それはその西洋人の見るところで、私の参考にならんことはないにしても、私にそう思えなければ、とうてい受け売りをすべきはずのものではないのです。私が独立した一個の日本人であって、けっして英国人の奴婢でない以上はこれくらいの見識は国民の一員として具えていなければならない上に、世界に共通な正直という徳義を重んずる点から見ても、私は私の意見を曲げてはならないのです。

しかし私は英文学を専攻する。その本場の批評家のいうところと私の考えと矛盾してはどうも普通の場合気が引けることになる。そこでこうした矛盾がはたしてどこから出るかということを考えなければならなくなる。風俗、人情、習慣、遡っては国民の性格皆この矛盾の原因になっているに相違ない。それを、普通の学者は単に文学と科学とを混同して、甲の国民に気に入るものはきっと乙の国民の賞讃を得るにきまっている、そうした必然性が含まれていると誤認してかかる。そこが間違っていると言わなければならない。たといこの矛盾を融和することが不可能にしても、それを説明することはできるはずだ。そうして単にその説明だけでも日本の文壇には一道の光明を投げ与えることができる。――こう私はその時初めて悟ったのでした。はなはだ遅まきの話で慚愧[8]の至りでありますけれども、事実だから偽らないところを申し上げるのです。

私はそれから文芸に対する自己の立脚地を固めるため、固めるというより新しく建設する

4 オイケン Rudolf Eucken 一八四六―一九二六年。ドイツの哲学者。ハーゼル大学・イエナ大学教授。一九〇八年ノーベル文学賞受賞。5 比々皆是なり どれもこれも、すべてこうだ。6 浮華 あさはかではなやかなこと。7 摯実 飾り気なく真面目なこと。8 慚愧 恥じ入ること。

ために、文芸とは全く縁のない書物を読み始めました。一口でいうと、自己本位という四字をようやく考えて、その自己本位を立証するために、科学的な研究やら哲学的の思索に耽り出したのであります。今は時勢が違いますから、この辺のことは多少頭のある人にはよく解せられているはずですが、その頃は私が幼稚な上に、世間がまだそれほど進んでいなかったので、私のやり方は実際やむをえなかったのです。

私はこの自己本位という言葉を自分の手に握ってから大変強くなりました。彼ら何者ぞやと気概が出ました。今まで茫然と自失していた私に、ここに立って、この道からこう行かなければならないと指図をしてくれたものは実にこの自我本位の四字なのであります。

自白すれば私はその四字から新たに出立したのであります。そうして今のようにただ人の尻馬にばかり乗って空騒ぎをしているようではなはだ心元ないことだから、そう西洋人ぶらないでもよいという動かすべからざる理由を立派に彼らの前に投げ出してみたら、自分もさぞ愉快だろう、人もさぞ喜ぶだろうと思って、著書その他の手段によって、それを成就するのを私の生涯の事業としようと考えたのです。

その時私の不安は全く消えました。私は軽快な心をもって陰鬱な倫敦を眺めたのです。

（後略）

年譜（太字の数字は月・日）

一八六七（慶応三）年　**1・5**（新暦**2・9**）、江戸牛込馬場下横町（現・新宿区牛込喜久井町）に、父・小兵衛直克、母・千枝の五男三女の末子として生まれる。本名・金之助。父・小兵衛直克は江戸町奉行所直属の名主で、十余町を支配していた。母・千枝は後妻で、二人の異母姉がある。生後一時、里子に出されたが、間もなく連れ戻される。

一八六八（慶応四・明治元）年　一歳　新宿二丁目に住む名主・塩原昌之助・やす夫婦の養子となる。

一八七二（明治五）年　五歳　養父が夏目家の推薦で浅草の戸長（現在の区長）となり、諏訪町へ転居。

一八七四（明治七）年　七歳　養父の女性関係がもとで養父母の間に不和を生じ、養母とともに一時生家に引き取られたが、また養家に帰る。**12**第一大学区第五中学区第八番小学（戸田学校）が浅草寿町に開校され、その下等小学第八級に入学。

一八七五（明治八）年　八歳　5成績優秀により第八級・第七級を同時卒業し、11第六級・第五級を同時卒業。

一八七六（明治九）年　九歳　養父母の離婚により、塩原家に在籍のまま養母やすとともに生家に戻る。第一大学区第三中学区第四番小学（市谷学校）に転校。10同校を卒業。

一八七七（明治一〇）年　一〇歳　5市谷学校の下等小学第二級を卒業。学業優等で表彰される。11市谷学校の下等小学第一級を卒業。

一八七八（明治一一）年　一一歳　2「正成論」を、友人との廻覧雑誌に発表。4市谷学校の上等小学第八級を卒業、直ちに神田猿楽町の第一大学区第四中学区第二番公立小学（錦華学校）の小学尋常科第二級後期入学、10同校同級を卒業。

一八七九（明治一二）年　一二歳　神田一ツ橋の東京府立第一中学校（現・東京都立日比谷高校）に入学。

一八八一（明治一四）年　一四歳　1実母・千枝死去。春ごろ、麹町の二松学舎に転校して漢学を学ぶ。漢書や小説を多く読み、文学に興味をもっていた。7同学舎第三級第一課卒業。11同学舎第二級第三課卒業。

一八八三（明治一六）年　一六歳　9大学予備門受験のため、神田駿河台の成立学舎に入学、英語を学ぶ。

一八八四（明治一七）年　一七歳　小石川極楽水（現・文京区竹早町）の新福寺の二階を借り、同級の橋本左五郎と自炊生活をしながら通学。9成立学舎を卒業、大学予備門予科に入学。同級に中村是公、芳賀矢一がいた。

一八八六（明治一九）年　一九歳　4大学予備門が第一高等中学校と改称される。勉強を軽蔑視していた上、7腹膜炎を患って学年試験を受けられず、落第、原級にとどまる。これが転機となって、以後は卒業まで首席を通す。また、自活を決意し、中村是公とともに本所の江東義塾の教師となり（月給五円）、塾の寄宿舎に移る。

一八八七（明治二〇）年　二〇歳　3長兄・大一（享年三二歳）、6次兄・栄之助（享年二九歳）が相ついで肺病のため死去。急性トラホームにかかり、塾を退いて自宅から通学するようになる。

一八八八（明治二一）年　二一歳　1塩原姓から夏目姓に復籍。7第一高等中学校予科を卒業。9本科英文科に進学。

一八八九（明治二二）年　二二歳　1同級の正岡子規を知る。子規から和漢詩文集「七艸集」を示され、その読後感に漱石と署名。5吐血した子規を見舞う手紙に初めて俳句を記す。7兄・和三郎直矩と興津に遊ぶ。8学友と房総を旅行し、紀行漢詩文集「木屑録」を執筆、郷里松山で静養中の子規に送る。以後、子規とにわかに親しくなった。

一八九〇（明治二三）年　二三歳　7第一高等中学校本科を卒業。8月から9月にかけて約二〇日間、箱根に滞在し、漢詩十数首を作る。9東京帝国大学文科大学英文科に入学、文部省の貸費生となった。

一八九一（明治二四）年　二四歳　7特待生となる。同月、敬愛していた兄嫁・登世が悪阻のため死去（享年二五歳）、追悼の句十数句を作る。夏、中村是公らと富士登山を行う。12J・M・ディクソン教授の依頼で「方丈記」を英訳。これは一八九三年、ディクソンの名で“A Description of my Hut”として「日本亜細亜協会報」に掲載された。

一八九二（明治二五）年　二五歳　4分家し、北海道後志国岩内郡吹上町に移籍（一八九七年同郡鷹

台町に移籍)。5東京専門学校(後の早稲田大学)講師となる。アーネスト・ハートの翻訳「催眠術」を「哲学会雑誌」に発表。7「哲学雑誌」(「哲学会雑誌」を改称)の編集委員となる。10同誌に「文壇に於ける平等主義の代表者『ウォルト・ホイットマン』Walt Whitman の詩について」を発表。夏、子規と京都、堺に遊ぶ。松山で初めて高浜虚子に会う。

一八九三(明治二六)年　二六歳　1「英国詩人の天地山川に対する観念」と題して文学談話会で講演、3月から6月まで「哲学雑誌」に連載された。夏、寄宿舎に移る。7文科大学英文科卒業、同大学大学院に入学。10東京高等師範学校英語教授に就任。

一八九四(明治二七)年　二七歳　2肺結核初期の徴候のため療養に努め、弓術を習う。8松島に遊ぶ。10寄宿舎を出て小石川表町の法蔵院に移る。12厭世気分に陥り、鎌倉円覚寺塔頭帰源院に入り、宗演、宗活のもとで参禅。

一八九五(明治二八)年　二八歳　早春、横浜の英字新聞「ジャパン・メール」の記者を志願し、禅についての英語論文を提出したが、不採用に終わった。4高等師範学校と東京専門学校を辞職、松山中学教諭となって赴任。8日清戦争に従軍中の子規が病気で帰郷、10月に上京するまで漱石の下宿に同居。秋ごろより句作に熱中。12上京、中根鏡子(貴族院書記官長中根重一の長女)と見合いをし、婚約が成立。

一八九六（明治二九）年　二九歳　4松山中学校を辞職し、第五高等学校講師となって熊本に赴任。6光琳寺町の新居で中根鏡子（二〇歳）と結婚。7第五高等学校教授となる。9市内合羽町の借家に転居。10「人生」を「竜南会雑誌」（第五高等学校校友会誌）に発表。この年、書斎を漾虚碧堂と名づけた。

一八九七（明治三〇）年　三〇歳　3「トリストラム・シャンデー」を「江湖文学」に発表。6実父・直克死去（享年八一歳）。7鏡子を伴って上京。東京に滞在中に鏡子が流産し、鎌倉に転地療養。この間、鎌倉で病臥中の子規をしばしば見舞った。9単身熊本に帰り、大江村に転居。10末、鏡子が熊本に帰る。

一八九八（明治三一）年　三一歳　前年末より漢詩を作りはじめる。3井川淵町に、7内坪井町に転居した。9〜11鏡子の悪阻とヒステリー症に悩まされる。9月頃から寺田寅彦らに俳句を教えはじめた。10〜12「不言の言」を「ホトトギス」に発表。

一八九九（明治三二）年　三二歳　5長女・筆子が誕生。4「英国の文人と新聞雑誌」を「ホトトギス」に発表。6五高教授高等官五等に叙せられ、五高予科英語科主任を命ぜられる。8「小説『エイルウィン』の批評」を「ホトトギス」に発表。

一九〇〇（明治三三）年　三三歳　**4**北千反畑町に転居。教頭心得となる。**5**文部省よりイギリス留学を命ぜられ、**7**上京、妻子を牛込区（現・新宿区）矢来町の鏡子の実家中根家の離れに預け、**9**横浜を出帆した。同行の留学生に芳賀矢一、藤代禎輔がいた。**10**ロンドンに着き、76 Gower Street に下宿。**11**ユニヴァーシティ・カレッジのケア教授の講義を聴講（**12**まで）。85 Priory Road West Hampsted の下宿に移る。下旬からシェイクスピア研究家クレイグ教授の個人教授を頼み、私宅に通う（翌年**10**月頃まで）。**12** 6 Flodden Road, Comberwell New Road, S. E. へ転居。

一九〇一（明治三四）年　三四歳　**1**次女・恒子誕生。**4** Tooting に転居。**7** 81 the Chase, Clapham Common の Miss Leale 方に移る。「文学論」執筆のため帰国までの一年半、下宿に閉じこもる。留学費の不足に苦しみ、神経衰弱になった。この頃から英詩を作りはじめる。

一九〇二（明治三五）年　三五歳　**1**頃から「文学論」をまとめはじめた。**8**強度の神経衰弱にかかり、他の留学生を通じて、発狂の噂が日本に伝わった。すすめられて、気分転換のため自転車を稽古し、**10**スコットランドのピトロクリイを旅行。**12**ロンドンを発って帰国の途につく。出発直前に、正岡子規の訃報に接した。

一九〇三（明治三六）年　三六歳　**1**東京に着き、妻子の住む中根家の離れに落ち着く。**3**本郷区駒込千駄木町（前・森鷗外の居宅。現・文京区千駄木）に転居。第五高等学校を退職。4第一高等学校講師兼東京帝国大学英文科講師となる。東大では「英文学形式論」を一週三時間、課外に「サイラス・マーナー」を講義。7頃、神経衰弱が再発し、鏡子は子供を連れ実家に帰り、約二か月別居。7「自転車日記」を「ホトトギス」に発表。9東大で「文学論」を開講（一週三時間、一九〇五年六月まで）。10三女・栄子誕生。水彩画及び書をはじめる。11神経衰弱が再発、翌年4、5月頃までつづいた。

一九〇四（明治三七）年　三七歳　1「マクベスの幽霊に就いて」を「帝国文学」に発表。4明治大学講師を兼任。5「従軍行」を「帝国文学」に発表。12高浜虚子の勧めで創作の筆をとり、「吾輩は猫である」（第一）を執筆。これを「山会」（碧梧桐、虚子、四方太ら子規門下の文章会）で朗読して好評を得た。

一九〇五（明治三八）年　三八歳　1「吾輩は猫である」（第一）を「ホトトギス」に発表、たちまちその名を文壇に高めた。同月、「倫敦塔」を「帝国文学」に、「カーライル博物館」を「学燈」に発表。ついで、2より「吾輩は猫である」を「ホトトギス」に連載（4、6、7、9月）。3明治大学で「倫敦のアミューズメント」と題して講演。4「幻影の盾」を「ホトトギス」に、5「琴のそら音」を「七人」に発表。9東大で「十八世紀英文学」を開講（後の「文学評論」、一九〇七年三月退職まで）。同月、「一夜」を「中央公論」に発表。10「吾輩は猫である」上篇を服部書店（後に大倉書店）より刊行、二〇日間で初版売切れとなった。**11**「薤露行」を「中央公論」に発表。**12**四女・愛子誕生。この年の半ば頃から、教師か文学者かの二者択一に悩む。

一九〇六（明治三九）年　三九歳　**1**「吾輩は猫である」を「ホトトギス」に連載（**3**、**4**、**8**月）。同月、「趣味の遺伝」を「帝国文学」に、**4**「坊っちゃん」を「ホトトギス」に発表。**5**「漾虚集」を大倉書店より刊行。**9**「草枕」を「新小説」に発表。**10**「二百十日」を「中央公論」に発表。**10**中旬、鈴木三重吉の提案で毎週木曜日の午後三時以後を面会日と定め、これが後の「木曜会」となった。**11**「吾輩は猫である」中篇を大倉書店より刊行。**12**本郷区西片町に転居。

一九〇七（明治四〇）年　四〇歳　**1**短篇集「鶉籠」を春陽堂より刊行。「野分」を「ホトトギス」に、「作物の批評」を「読売新聞」に発表。**2**朝日新聞社から招聘の話があり、以後交渉がつづいたが、**3**主筆池辺三山の訪問を受けて入社を決意。大学、高等学校に辞表を提出。**4**朝日新聞社に入社した。二〇日、美術学校で「文芸の哲学的基礎」と題して講演し、これを**5**・**4**から**6**・**4**まで二七回にわたって「朝日新聞」に連載。**5**「文学論」を、**6**「吾輩は猫である」下篇を大倉書店より刊行。**6**・**23**から**10**・**29**まで、「虞美人草」を「朝日新聞」に連載（一二七回）。**6**長男・純一誕生。**9**牛込区早稲田南町に転居。以後、大正二年初めまで、神経衰弱はおさまったが、胃病に悩みはじめる。

一九〇八（明治四一）年　四一歳　**1**・**1**から**4**・**6**まで、「坑夫」を「朝日新聞」に連載（九六回）、

「虞美人草」を春陽堂より刊行。2青年会館で「創作家の態度」と題して講演。6・13から6・21まで「文鳥」を、7・25から8・5まで「夢十夜」を「朝日新聞」に発表、9・1から12・29まで「三四郎」を「朝日新聞」に連載(一一七回)。9「草枕」を春陽堂より刊行。10「国民新聞」に文芸欄が設けられ、虚子を通じて談話筆記を掲載。12次男・伸六誕生。

一九〇九(明治四二)年　四二歳　1・14から2・14まで「永日小品」を「朝日新聞」に発表(二〇回)。2頃、虚子の勧めで謡を習い、3から小宮豊隆を相手にドイツ語の学習をはじめる。3「文学評論」を春陽堂より刊行。3から11頃まで、養父だった塩原昌之助にまとまった金を無心される。5「三四郎」を春陽堂より刊行、6・27から10・14まで「それから」を「朝日新聞」に連載(一一〇回)。6「太陽」創業二十二周年記念事業の第二回二五名家投票で最高点となったが、受賞を断る。9中村是公(当時、満鉄総裁)に誘われ、四六日間の満韓旅行に出発し、大連、旅順、熊岳城、営口、湯崗子、奉天、撫順、ハルビン、長春、安東、京城、仁川、開城と回り、10帰京。10・21から12・30まで、「満韓ところどころ」を「朝日新聞」に連載(五一回)。11「朝日新聞文芸欄」が設けられ、その主宰となる。胃痛にしばしば悩まされる。

一九一〇(明治四三)年　四三歳　3・1から6・12まで、「門」を「朝日新聞」に連載(一〇四回)。3五女・ひな子誕生。6胃検査の結果胃潰瘍と判明、内幸町の長与胃腸病院に入院。7退院。同月、「文芸とヒロイック」「鑑賞の統一と独立」「イズムの功過」を「朝日新聞」に発表。8転地療養のため伊豆修善寺へ行き病状悪化、胃痙攣をおこす。8・17、18吐血し、8・24には大量吐血のため危篤に陥った。10帰京、長与病院に入院（翌年2月まで）。10・20頃から、「思い出す事など」の執筆をはじめる。また、漢詩・俳句を作りはじめる。

一九一一（明治四四）年　四四歳　1「門」を春陽堂より刊行。2博士会から文学博士号授与の通知を受け、辞退を申し出て了承されず、文部省との折衝が4月半ばまでつづき、結局物わかれとなる。3「博士問題とマードック先生と余」「マードック先生の日本歴史」、4「博士問題の成行」、5「文芸委員は何をするか」を「朝日新聞」に発表。6・18長野で「教育と文芸」と題して講演し、高田、直江津、諏訪を鏡子同伴でまわって6・21帰京。7・21中村是公を訪ね、鎌倉に遊ぶ。同月、「ケーベル先生」「学者と名誉」を「朝日新聞」に発表。8大阪朝日新聞社主催の講演会で、「道楽と職業」（8・13明石）、「現代日本の開化」（8・15和歌山）、「中味と形式」（8・17堺）、「文芸と道徳」（8・18大阪）を講演、その直後に胃潰瘍が再発し、湯川胃腸病院に入院、9・14帰京。同月、痔を患い、神田区錦町の佐藤病院で手術し、翌年春まで通院。10初め、池辺三山が社内問題から朝日新聞主筆を辞し、同月末には文芸欄も廃止されたので、11・1辞表を提出したが、留任を求められて辞表を撤回。11「朝日講演集」を朝日新聞社より刊行。五女・ひな子急死。

一九一二（明治四五、大正元）年　四五歳　1・1から4・29まで「彼岸過迄」を「朝日新聞」に連載（一一九回）。3「三山居士」を「朝日新聞」に発表。この頃、胃の具合が悪く、神経もいらだった。7・30明治天皇の崩御に大きな衝撃を受ける。8・17から月末まで、中村是公と塩原、日光、軽井沢、上林に旅行。9「彼岸過迄」を春陽堂より刊行。痔の再手術で佐藤病院に入院。この頃から書をたしなみ、また南画風の水彩画をよく描く。10「文展と芸術」を「朝日新聞」に発表。12・6から「行人」を「朝日新聞」に連載。

一九一三（大正二）年　四六歳　1頃から強度の神経衰弱が再発し、6までつづく。3末胃潰瘍が再発。このため「行人」の連載は4・7で中絶し（一一五回）、5下旬まで自宅で病臥。5・28池辺三山追悼会に出席。9・16から11・5まで、「行人」の続稿として「塵労」を「朝日新聞」に連載（五二回、通算一六七回）。次第に南画風水彩画に熱中し、津田青楓と交わる。12・12第一高等学校で「模倣と独立」と題して講演。

一九一四（大正三）年　四七歳　1・7から1・12まで「素人と黒人」を「朝日新聞」に発表。1・17東京高等工業学校で「無題」と題して講演。同月、「行人」を大倉書店より刊行。4・20から8・11まで「こころ」を「朝日新聞」に連載した（一一〇回）。これ以後、さらに書画の世界に没入した。6頃、北海道後志国より籍を戻し、東京府平民となった。9中旬、四度目の胃潰瘍が発病し、約一か月病臥。10「こころ」を岩波書店より刊行（自装）。11学習院で「私の個人主義」と題して講演。この年から翌年にかけて、良寛の書に傾倒した。

一九一五（大正四）年　四八歳　1・13から2・23まで「硝子戸の中」を「朝日新聞」に連載。3「私の個人主義」を「輔仁会雑誌」に発表。3・19津田青楓と京都に遊ぶ、3・25胃病が悪化して寝込み、電報で鏡子が西下。病臥中に異母姉・ふさの死去を知る。4・16帰京。同月、「硝子戸の中」を岩波書店より刊行（自装）。6・3から9・10まで「道草」を「朝日新聞」に連載し（一〇二回）、10「文壇のこのごろ」を「大阪朝日」に発表した。同月、「道草」を岩波書店より刊行。11中村是公と湯河原に遊ぶ。12芥川龍之介、久米正雄が門下生となる。年末、リューマチで腕の痛みに悩む。

一九一六（大正五）年　四九歳　1リューマチの治療のため、湯河原の中村是公のもとに転地（2中旬まで）。1・1から「朝日新聞」に連載中の「点頭録」も1・21で中断（九回）。4真鍋嘉一郎の診断で、リューマチではなく糖尿病とわかり、治療を受ける（7上旬まで）。その間、5胃の具合が悪くて寝込むが、5・26から「明暗」を「朝日新聞」に連載（12・14一八八回で未完）。「明暗」を書きながら、書画をかき、8半ばから多くの漢詩や俳句を作る。11・22胃潰瘍が再発し、病状がにわかに悪化。本人の希望で真鍋嘉一郎を主治医としたが、11・28と12・2に大内出血で絶対安静、面会謝絶となる。12・8絶望状態に陥り、12・9死去。

（編集部）

ちくま文庫

教科書で読む名作　夢十夜・文鳥ほか

二〇一七年二月十日　第一刷発行

著　者　夏目漱石（なつめ・そうせき）

発行者　山野浩一

発行所　株式会社　筑摩書房

東京都台東区蔵前二―五―三　〒一一一―八七五五

振替〇〇一六〇―八―四一二三

装幀者　安野光雅

印刷所　凸版印刷株式会社

製本所　凸版印刷株式会社

乱丁・落丁本の場合は、左記宛にご送付下さい。
送料小社負担でお取り替えいたします。
ご注文・お問い合わせも左記へお願いします。
筑摩書房サービスセンター
埼玉県さいたま市北区櫛引町二―六〇四　〒三三一―八五〇七
電話番号　〇四八―六五一―〇〇五三

ISBN978-4-480-43415-9 C0193